KB112742

진짜 같은 마음

진짜 같은 마음

이서하 시집

민음의 시 270

민음사

오늘 너무 슬픔.

깡통에 구멍을 뚫고 물을 준다.

잘 자라는 것도 있고 죽는 것도 있다.

사랑은 깡통처럼 채울 수 없음.

이제 사랑 줄 수 없음.

구멍 난 아빠에게.

2020년 5월

이서하

차 례

1부

2부

3부

4부

1부

입사식

다시는 볼 일 없을 거라고 인사를 하고 돌아서는데 졸업을 하고 있었다 학사모를 쓴 나의 환자가

"나무는 벽. 비닐은 창문.
상자는 난로. 빨대는 파이프. 쇠는 낫."

"벽을 빛내는 것이 나의 일이었는데 치우지 못한 의자를 보다가 마음이 떠났다는 걸 알게 됐어요
— 그는 빛나는 쇠를 만났을 거야
위로하던 의자는 상자 안으로 들어가고 쇳가루처럼 빛나는 교실에 앉아 '이 정도의 생기라면 죽을 때까지 따뜻하겠지' 그런 생각에 잠겨 눈을 감는데 문을 열어 달라 하네요 마음이

보이는 대로 보는 것이 잘못인가요"

그의 말이 끝나자 사람들의 찬사가 쏟아지고 그것은 이상한 의무감을 갖게 하는 것이다

나무가 나무를 밀면서
창문이 구겨지면서

좋게 얘기해서

겨울은 잘 써지지 않는다

연쇄 작용은 설명하기 난처하다

A. 기다리는 연락이 오지 않는다

E. 거품은 눈으로 보인다

I. 즐거움 웃음 슬픔

바다에 간 U는 손재주가 있었다

챙겨 온 돈도 당분간은 여유 있었다

만나기로 한 O는 할 일이 남아서 늦는다

갑작스런 한파 소식에 지구를 냉동 구역으로 돌려놓아야 했던 것이다

U는 추운 것은 질색이었지만 자신을 쳐다보는 거품이 싫지 않았다

O를 만나면 지금까지 있었던 일들을 전부 말해 주겠다고 U는 생각했다

좋게 얘기해서 겨울은 힘들이지 않고도 생각할 수 있었다

아침은 검정 점심은 하양 저녁은 빨강

U의 감정 패턴은 거의 반복적이었다

그것은 바다 위에 "ㅂㅏㄷㅏ"라고 적는 것과 같았다

좋아하는 것을 지나치게 얘기하는 것과 같았다

O는 지나친 완벽주의자였고 일의 어려움보다 실수를 두려워했다

일이 끝나 갈 무렵 세상은 정말 발갛게 달아올라 있었다

추위를 이겨 내려고 불을 피우는 집이 많았지만 불을 피우기 위해서는 창문을 조금, 아주 조금 열어 둬야 했다

그것을 합목적성이라고 알려 준 것은 다름 아닌 U였다

거꾸로 세상이 불바다가 될까 봐 두려워하던 것은 O였다

지구를 중탕으로 조금 밀어 두고 O는 기다리는 U에게 간다

어느새 바다 한쪽 구석에 자리 잡은 U는 거품을 건져 내고 있다

좋게 얘기해서, 선택받은 거품은 내심 기뻤다

그의 손에 닿으면 부서지지 않는다는 말이 거품 사이에서 공공연했기 때문이다

O를 만나면 가장 먼저 무슨 말을 해야 할까

왜 이제야 왔느냐고? 아니면 나를 알아보겠냐고?

가끔 눈이 내렸지만 날씨는 새어 나오는 웃음을 참을 수 없었다

오밀조밀 붙어 있는 거품

많이 웃는 눈알들

멀리서 보면 큰 O가 된다

거품은 '오래전이라서 하는 게 실수다.' '너는 U를 만날 수 없을 것이다.' 그렇게 말하는 것 같다

이제 와서 좋게 얘기하기란 어려운 것이다

흑백의 잠에서 깬 어느 아침, 흰 눈이 내리던 어느 점심

불을 피우는 어느 저녁에 했던 생각을……

너희는 현재를 살거라

아파서 죄송합니다, 모두가 저의 잘못이지요
병은 목을 길게 빼고 있다 가끔 턱이 깨진다
쏟아지는 내용을 받아쓰라고 배웠다
전혀 놀랄 것도 새로울 것도 없는 과거
저는 여기 있을 수 없어요 추방될 겁니다
건강한 사람이 병에 대해 염려하듯 슬퍼한다
자신조차 알지 못하기 때문에 모두가 행복하다
아픈 적 없던 네가 병에 걸렸으면 좋겠다
가난한 적 없던 네가 가난해지면 좋겠다
사냥하려던 멧돼지에게 잡아먹히면 좋겠다
무기를 집어 드는 것은 당신의 습관이다
병은 자주 아픈 까닭에 병원을 찾았지만
당신을 모르는 의사는 병을 고칠 수 없다
처음 봤을 때보다 병은 상태가 좋았지만
다른 사람을 위해 거짓말을 하고 있지
병원은 과거가 되기에 완벽한 장소이다
태어나거나 죽거나, 너희는 현재를 살거라
거하게 취한 당신이 죽지도 않고 말한다
하품을 했는데 입속에 불이 났지 뭡니까?

사냥은 역시 손맛이지, 저녁에 잡은 것들이야
식사에 초대받은 손님이 접시에 담으려는 순간
물이 쏟아지고, 그건 물이 아니라 불이었다
살려 달라고 외치는 당신, 아무것도 아닌 당신
잘 익은 당신에게 병은 목을 길게 빼고 말한다
그러니까 네 입속에 아무도 없다고 하지 마

선물과 도둑

하나만…… 딱 하나만 더……

서랍에는 서랍 자체를 채우고 있는 것들이 많았다

히말라야코코넛오일나무부목지우개편지가들어있는조개껍데기유리구슬부엉이풍경격정인형안대 나를 집으로 데려온 것은 결국 서랍을 차지하고

있는 것들이라고 나는 생각했다 매일 같은 약을 복용하고

저녁에서야 다른 생각이 가루처럼 날아가기도 한다

머문다는 것은 내 입장에서 언제든 갈 수 있는 상태와 같았다

입장이라고 해 봐야 베른하르트가 모자를 대하듯 — *"나는 더 이상 이 모자를 보지 않으려고 머리에 썼다"* — 하는 식이었지만

선물하는 입장과 훔치는 입장은 내게 그런 식이었다

너무 이르게 준비한 것들은 어떤 방식으로든 자연스럽지 못했고

우발적인 것들에 우발적으로 변하는 감정 또한 없었다

적게 슬프고 적게 기뻤다 그것은 결국 필요에 의한 생각으로 이어졌고 물건이 차지하는 비중은 점점 서랍보다 커

져 갔다

어쩌다 이곳에 서랍이 있는지, 어째서 서랍 속에 있는지

망을 보는 사람처럼 안에서 열 수 없는 문 앞에서 내가 경계하던 것을 나는 알지 못한다

다만 움직이는 무엇이, 누군가 버렸든 잃어버렸든

이제는 좋은 의도를 찾을 수 없는 무엇이 있다

무엇은 절대적으로 필요한가? 무엇은 정말로 어울리는가?

그러나 무엇은 생각만큼 부족할 수밖에 없고, 부족한 만큼 공간은 남을 수밖에 없고, 부족한 것과 남은 것은 선물과 도둑처럼 같을 수밖에 없는 것이다

이 생각은 문제의 처음으로 돌아가 "서랍에는…… 있는 것들이 많았다……"로 끝내야 한다 그러기 위해선

나한테 무엇이 없는지 안다고 해야만 한다

선물과 도둑처럼 내게 있는 것은 부족한 것이라서

부족한 것을 가져간다 아무짝에도 필요 없는 것은 아무도 기뻐하거나 슬퍼하지 않는다

완벽한 복

더 좋은 것 부드러운 것
그런 것을 원하십니까
하나는 둘, 둘은 넷, 넷은 여덟……
몸에 온 힘이 빠져나간다
건강할 것, 먹을 것, 입을 것, 살 것
그런 것이 복이라면
인간도 아니고 신도 아닌
나는 복이 될 수 있을까
얼음처럼 녹아 버리는 냉장고
네 안의 모든 눈이 떠 있다
케이는 거짓을 희망한다
아무도 원하지 않는
사랑이라는 권리의 자유를
제 몸으로 살아갈 비틀거림을
그러나 아무것도 모르는 당신에게
죽은 것은 가장 완벽한 복이다
나의 살, 나의 엉덩이, 나의 혓바닥
이 모든 것들에는 육체도 부억도 없다*
그러니 케이, 너는 얼마나 다행이니?

말하는 당신의 속을 케이는 안다
하루도 빼먹지 않고 열리는 냉장고와
죽음이란 얼마나 상대적인가
오늘도 나는 남김없이 죽을 테지만
칼을 쓰는 자는 칼로 망할 것이다(마26:52)
케이는 당신에게 망했다고 말한다
당신은 케이에게 망가진 것이라 말한다
망한 것도, 망가진 것도 아닌 케이는
좋아하는 것을 지나친다
그의 걱정이 없어지기를
아무 일도 일어나지 않는다
이것이 진짜 다행, 다행이라는 서사
어쩌면 인간의 가장 완벽한 복

* 캐럴 제이 애덤스, 『육식의 성정치』.

숨탄것

입술은 자신을 먹는 먹보가 아니다

덮을 것도 없고 마냥 붙어 있을 수도 없어서 뭐든 하다 보면 사람들은 언젠가 입술만 보고 있다

말을 하는 경우, 자신의 한계를 시험하거나 더 좋은 핑계를 원한다

목적이란 없는 게 자연스러운 거잖아

그러는 그는 아직 어렸고 유행에 민감했으며 변하는 것을 고집했다

그는 나한테 없는 것들이 많았다 늘 그래 왔다는 듯이

심부름을 하면 그의 물건을 빌렸다

가끔 어려운 일도 있었지만 — *차바퀴에 구멍을 내거나, 빈 집에 불을 피우거나, 경찰서에 갔을 때 그는 내 이름을 말했다* —

용서를 구하는 건 힘들지 않았다

진짜 내가 아니라서 죄책감에 괴로워하지도 않았다

진짜가 무엇이든, 신경 쓰이는 것은 우리 사이를 더욱 공고하게 만들었다

그는 부모의 착한 아이였고 나는 없어 보이고 싶지 않은 아이였다

나는 그처럼 행동했다 코를 만지는 버릇, 그의 웃음까지

학교가 끝나면 자주 가던 평상에서 우리는 만났다
그는 좋은 립스틱과 아끼던 옷과 모자를 가져왔다
아직도 나는 그가 빌려준 것들 모두 갖고 있다
종종 그의 립스틱을 바르고 자연스러운 척한다
내 앞에 있는 사람에게 어디까지 해 줄 수 있을지 생각한다
생각을 하다 보면 너무 많이 먹는다
그렇다고 허전한 마음이 배부른 것도 할 말이 없던 것도 아닌데
"입술이 없어졌어" 그런 말을 듣고 있다
어쩌나. 정말 그러고 없어져서. 나는 그의 입이었고 한편이었는데 그의 마지막을 모른다 다른 사람들처럼
부르튼 입술을 앞니로 잘근잘근 씹고 있다
필요하지 않은 걸 버렸다고 전부 없어지는 것은 아니니까
그냥 두기로 한다. 그는 그의 물건에, 입술은 입의 아래위에

있는 그대로

*세계가 존재해야 한다고 생각했기 때문에 세계를 원했다*는 것이 그의 입장이다. 그는 환경을 생각하는 사람이었지만 창조자는 자신만 생각하는 경향이 있었다. **두두** 너의 시간이 있는 그대로였으면 좋겠어. 내가 너무 자기중심적이라서 함께 걸었을 뿐인데. 늙은 **두두**. 썩은 **두두**. 네가 차에 치였을 때 넋이 나간 채 들은 말. 주워, 네 거잖아. **실수와 잘못**. 네가 모를까 봐 잘못은 못하고 저주를 하고 있다. 악마가 찾던 몸이 당신이길. 네가 죽는다면 악마에게 네가 했던 말을 있는 그대로 할 것이다. 주워, 네 거잖아. **빨간 지렁이**. 실수는 예측할 수 없다. 잘못은 실수와 반대로 작용한다. 낙엽을 모조리 먹어 치워서 길이 깨끗해졌군? 저 자그마한 동물을 잡아다가 청소를 시키자. 영 못하면 낚싯밥으로 팔아 버리면 되지 뭐가 문제야. **권력자.** 문제는 유추하면 크게 보인다. 선한 것을 믿는 것은 악한 것을 믿는 것과 같은 사람이 쓴 대본 같다. "*……권력은 나의 것이고 이 사태에 대한 원인을 가지고 있는 까닭에 사태 또한 나의 것이다.*"* **다른 입장.** 믿음은 어디 가서 부정하나. 그것은 과연 좋은 소재였고 제작에 공을 들였으나 연기를 할 만큼의 진심은 아니었다. 언제나 결론이 문제였다. 결국엔 존재

론으로 귀결됐기 때문에. **출생.** 나는 버려졌으나 버려지지 않은 것과 같을 것이며 낳은 것이 아니지만 낳은 것과 같이 식탁에 오를 것이다. 축하받기 위해 인간이 가장 많이 낭비하는 것. **고마워**. 주인공은 소비하기 위해 거기서 발생하는 외부는 절대 버리지 않는다. 선물 상자에 묶여 있던 리본 하나까지도.

* 한스 요나스, 『책임의 원칙』.

콘크리트 균열과 생채기, 얼룩, 그리고 껌딱지로부터*

지팡이를 짚으며 앞으로 걸어가는 저 사람이 미장인가 싶었다

너무 작은 그를 보지 못하고 그냥 지나치는 것이 사람 같다고 하자 사람처럼 생각하는 것 같았다

아버지가 미장이라서 내가 미장이의 딸인 것처럼

종이에 드로잉 했다, 만화가가 되고 싶었으나 모방은 만화가 아니래. 목공예는 배우다가 졸도했지. 여자가 아니라서 미장이나 됐지.

그렇군요. 그렇군요. 미술관에서 처음 본 우리는 도슨트에 대답한다

그렇다고 저기 있는 미장이에 대해 말하는 사람 하나 없지만

현실은 실재와 달라서 '건드린다'는 표현은 의도적으로 묘사된다 빨주노초파남보 시멘트 위에 시멘트를 쌓는다

당신은 인간입니까. 시멘트입니다. 당신은 남입니까. 검정입니다. 당신은 미장이입니까. 작품입니다. 당신은 혼합입니까. 스케치입니다. 당신은 평면입니까. 맞은편입니다.

진짜 시멘트 벽 같다, 진짜 콘크리트 표면 같아 재미없는 사람은 같은 말을 반복해

좋다 좋아 그러나 이것은 불가능하다 내가 재미없는 사람이라서

작가는 빛이 들어오지 못하게 입구에 커튼을 달아서 사람들은 자신이 어디에서 왔는지 알지 못한다

설계에서 가장 중요한 것은 피난로와 비상구 아니겠습니까

그날은 공사장에서 총소리가 났습니다 위층에서 작업을 하던 인부가 놀라서 벽돌을 놓쳤고

아래층에서 시멘트 칠을 하던 아버지의 머리 위로 떨어졌습니다

왜 아직도 서 있는 거야? 전시장을 나가는 모퉁이에서 이것도 하나의 작품이 아닌가 생각했다

작품 속에서 문은 이미 문의 기능을 잃었으므로

가장 먼저 무너지는 것은 지붕입니다

벽돌 아래에 숨겨 둔 존재가 미장이라는 것은 아무에게도 말하지 않았다

* 배종헌 작가의 전시 「미장제색(美匠霽色)」의 한 작품.

꿈에서 꺼낸 매듭

이를테면 이런 마음, 평생을 가난하게 살던 어느 노부부가 공사판에 나가 함께 일을 하고
집으로 돌아온 늦은 저녁
간식으로 받은 노란 앙금이 들어간 빵을 함께 나눠 먹으며 어휴 달다, 달어 같은 말을 하는
진짜 단 것, 목구멍에 차도록 단 것
배부르게 단잠이 쏟아지자 부부는 대낮같은 꿈속에 들었다 헌데 우리가 언제 저녁을 먹었더라?
여기가 내 집이던가? 누가 날 좀 데려가 주오, 아침 진즉에 일하러 가야 한다우
글쎄 정신이 없네. 정신이? 응 집을 나갔대
이제 나오지 말라며 빵을 건네받은 것이 꿈속의 일이었던가 엊그제의 일이었던가
별의 별소리가 다 있고 별 일이 다 있는
진짜 같은 마음,
아프던 다리도 멀쩡해지고 편안한 것이 부부는 좋았으나
먹을 것도 입은 옷도 다 떨어지고 가진 돈도 마땅치 않아
지나가던 개가 풀에 오줌을 갈겨 대는 것을 보곤
풀이다! 풀! 번뜩 공원에서 한 움큼, 산이며 들에서 한

움큼 캐 온 나물을

한 단씩 끈으로 묶어 제법 장사하는 구색은 갖췄으나

물건만 내놓은 주인이 없는 행색이니

아무도 거들떠보지 않자 부부는 목청껏 외친다.

몸에 좋고 싱싱한 두릅이여! 눈에 좋은 시금치여!

이것이 진짜여! 달고 아주 맛나부러!

그때 웬일인지 한 사람이 다가와 뜨끈한 고깃국이며 갓 지은 흰쌀밥을 주니

감사를 곱절하고 나물 전부를 되로 주며 밥값을 치르려 하는데 한사코 거절하는 손에

야채 가득 흰 끈을 동여매 돌려보낸 사람을,

장사를 마친 어슴푸레한 저녁 한날한시에 눈을 감은 부부만 모를 일이다

그 건물 하나

밖에 없는 그 건물 하나. 지하에는 그 건물 하나. 내 머리 위로 왕이 넷이 살았지. 넷을 아는 유일한 그 건물 하나. 천장이 높은 3층은 왕의 발코니. 딸이 쭈그려 있던 지하에는 목을 세울 만한 공간이 없었다. 원하는 것을 말하면 안 되니까 위험한 것은 가까이 두어라. 그는 나를 위하는 것처럼 말한다. 그래서 나는 단내가 나던 그를 거의 사랑할 뻔했다. 협소한 이곳에서는 하염없이 길고 가는 쥐의 꼬리도 밧줄 같다. 나를 간신히 살아 있게 하기 위해 설치한 전시장 같기도, 실험실 같기도 하다. 그런 대가로 나는 매일 사탕을 받고, 입안에서 녹고 있는 사탕을 무서워한다는 사실을 매일 깨닫는다. 사탕은 위험한 건가요. 보석처럼 녹지 않는 것은 위험한 거란다. 이곳은 주변이 그런 돌들뿐이다. 바뀌는 것은 층이 다른 돌과 왕. 지하를 지키는 왕도 있고 지하를 모르는 왕도 있다. 그것이 지하의 존속과 상관있는 것은 아닐 것이다. 잠깐 천장이 흔들렸다면 그것은 당장에 기쁜 소식도 나쁜 소식도 되지 못한다. 앞으로 어디에 살 것인가 생각해야 한다. 매일 가는 성당의 천장은 높다. 사람들은 무릎을 꿇고 아이를 업고 쥐꼬리 같은 길고 가는 선을 하염없이 따라 들어간다. 선은 자주 닳아서 사람이 없는 날마다 보수공사를 해야 한다. 그러나 사람들이 없는 시간은 없고 누가 누구를 벌하는 것인지, 네 사람 중 그 누구도 알지 못했다.* 사람들이 없는 것은 오직 그 건물 하나. 딸의 목소리가 들리는 그 건물 하나.

* 클라리시 리스펙토르, 『달걀과 닭』.

행

바깥은 언제나 마음의 문제입니다만
여행 온 셋이 사진을 부탁하면서 행은 그의 여행에 일부 동행합니다
바닷가를 마주한 선산을 보고 놀라는
셋이 아닌 행은 어디서도 드러나지 않지만
오늘은 가야 할 때를 늦추는 아이, 성급한 젊은이
그러나 급할 것 없는 노인을 기쁘게 해 주는 유일한 때라는 것을 압니다
아이가 사진을 알아볼 수 있을 만큼 컸을 때
가령 행을 마주친다 해도 우연히 지나칠지도
아름다웠던 바닷가에 젊었을 여자와 노인은 영영 없을지도,
약속을 지키지 못해 먼 곳에 오게 된 행은 오늘을 수집하고 있다 어제를 버리고 있다
사람들은 왜 생각이나 마음 따위를 비우기 위해 떠난다고 할까
낯선 데서 낯선 마음에 동요되고 더할 나위 없이 좋았음 평생에 잊지 못할 들뜬 심정에 취해
더 많은 생각을 하자. 고백을 하자. 이게 정말 아빠 맞

아? 사진 속 남자를 가리키며. 어제는 질투를 버렸고 오늘은 성을 버렸어요. 사랑은 왜 많은 것을 남기고 싶어 하나요. 아무것도 남기지 않았다면 어머니는 아버지가 되고 아버지는 어머니가 될 수 있을 텐데.

얘야 할머니 무덤이 빗물에 떠내려갔단다

그렇지만 행은 울지 않았다.

누구든 행이 좋은 사람이 되길 원했겠으나 도대체 좋은 게 뭐람.

행은 알지 못했지. 가령 좋은 부모, 좋은 집, 좋은 사람, 좋은 말, 좋은 학교, 좋은 자식을……

행이 원하는 것은 행이 되는 것인데!

저 멀리 바닷가에서 저 부둣가에서 행복의 순서를 기다리는 사람들이

행에게 달려옵니다

한 손에 카메라를

한 줌의 약속처럼 움켜쥐고

정크 시티

집은 버려질 수 있다
빈집은 덩치가 커질 수 있다
덩치에 관해서라면?
싸움을 떠올릴 수 있다
사람은 자신과 싸울 수 있다
그렇다고 해결되는 것도 없는데
가정 방문은 왜 필요하지?
상자처럼 작은 컨테이너 앞을
부엌과 화장실이라고 하자
그러니까, 여기서 어떻게 사니
그땐 연민이 오만한 건지 몰랐다
얼음에서 생선 맛이 난다는 것과
고등어를 구워 저녁을 먹었다는 것
비슷한 생활엔 비슷한 때가 생각난다는 것
그래, 마음은 기억을 바꿀 수 있다
더 좋은 것을 구분할 수 있다
집보다 큰 창고엔 헌 옷장이 많았지
거기에 숨어 있으면 집이 조금 좋아졌다
유행이 지났다고 하기엔 쓸모 있는

쓰레기라고 하기엔 우리에겐 필요한
냉장고, 선풍기, 식탁, 밥솥이 많았다
그러고 보니 토끼도 있었잖아?
친구가 알비노 시를 읽었다며
흰 뱀, 흰 토끼, 온통 흰 것을 보여 줄 때
나는 표백제나 락스 따위를 생각했다
깨끗할 수 없는 결핍이란 것도 있다
비슷한 생활엔 비슷한 더러움이 있어서
자신을 치우는 것에 강박적일 수 있다
락스로 제 몸을 씻을 수도 있다
빗물에 집이 잠겨서 집을 떠날 때는
보이지 않은 곳의 온갖 더러운 것까지
차오르는 것을 보고 있었다
이후로 나는
토끼를 볼 수 없었다

않을 수 없지 않은가

아주 끔찍한 날이야. 오늘에서야 형의 웃음을 알았지.
토성의 표면에는 지구 크기의 육각형이 있다는 사실도
그것이 남극이었는지, 북극이었는지 항상 헷갈리는 것도
가만히 듣고 있을 수밖에 없었지. 크기에 관해서 말이야.
규제가 필요하지 않을까, 그런 생각을 하고 있었다.
어느 곳이 살이고, 어느 곳이 기계인지 모르지만
자라지 않는다고 부모 탓을 할 수도 없지 않은가?
이제 제법 자연스러워졌다고 할 텐가, 형은 나에게
기계이고 형에게 나는 기후 같은 것이다. 답답하거나
으스스하거나, 쓸쓸하거나, 참을 수 없는 모양이다.
기후에게도 기계처럼 몸통이 있다면, 형은 미안하다고
나쁜 사람이 되지 않으려면 그러면 된다고 말하겠지.
기후에게 감정은 불필요하거나 헷갈리는 것일 테니까
지구가 변했다는 것과 기후가 변했다는 것은 다르니까
내가 형을 기계로 대할수록 형이 변해 가는 것처럼
큰일이 아닌 것을 심각하게 만드는 것이 큰일이라고
형은 헛헛하게 웃으며 말할 것이다. 토성의 어딘가에
육각형 모양의 지구가, 판게아의 그것처럼 하나로써
웃고 있다, 웃음소리가 커서 죄송합니다, 가끔 울고

나는 그런 형의 버릇이 끔찍해 혼자 두고 나온다
문턱에, 별난 모서리에, 비포장도로가 있는 별나라에
가장 보편적인 형은 팔랑거리는 바지를 걷어 올리며
반짝이는 다리를 내놓고 있다 나는 박물관이 될 거다!
중얼거리고 있다, 그곳에서 형은 하나씩 전시될 것이다
외로움은 가려질 것이다 박물관은 일상과 단절됐으므로
아무 관련도 없는 곳에서 계속해서 변하는 의미가 있고
인간이라는 실루엣이 있고 아무것도 아닌 나는 형이라는
이데올로기 속에 나란히 있지 않을 수 없지 않은가?

그런가 하면

아픈 것은 사랑하는 것과 마찬가지로 소급적이다
그 당시 『죽음의 선고』는 사랑하는 사람이 병에 걸렸거나 사랑하지 않는 이야기로
나는 창가에 앉아 해가 지는 것 또한 그런 선고로 보았다
오래전 성모가 나타났다는 성당 바로 옆에는 호텔이 하나 있었는데
새로 세운 병원처럼 아주 깨끗한 건물이었다
사람들은 성당에 가기 위해 호텔을 찾았다
바닥은 올리브 그린 러그로 편하지만 스모크 블루 소파에 앉아 벽난로를 보는 것은 눈에 좋지 않은 구조였다
그것은 모두에게 해당하는 구조는 아니었다
수영장, 정원, 라운지 어느 시설이나 마찬가지였다
기술자가 시설을 구조가 아닌 도구로 대한 것 같은 인상이었다
여기에 들어오시면 안 됩니다, 나가 주시죠 그런 장소는 구조적으로 보는 사람을 불편하게 했다
도대체 누구를 위해서? 옆에 앉은 부부는 와인을 마시며 벽난로 가까이 앉은 자신의 아이를 사랑스럽게 쳐다본다
이것은 진짜일까, 아이는 생각한다

너무 따듯해서 벽난로와 부부는
똑같이 보이지만 아이에게는 똑같이 보이지 않는다
그런가 하면 나는 어느 정도 사물이라는 사실을 인정해야 한다
아이에게 호텔 내부의 차이라든가 공통성 같은 것이 보이지 않는 곳에 머물고 있기 때문에
존재하는 것은 다른 것을 존재하게 한다
내가 마지막으로 성당에 갔을 때
호텔에서 봤던 거의 모든 사람이, 그리고 그 아이가
이렇게 말하는 것 같았다 "이리 와"
그런데 누구를 위해서? 마지막 페이지에
있는 빈 공간처럼 서로 멀찍이 떨어져 앉아
자기가 한 잘못을 알고 있는 사람처럼 나에게 물었다

멀리 떨어져 있는 것들에 대한

사랑이 필요하다고 요나스는 말했다
나는 그의 말을 하고 있다
키우던 화분이 죽었을 때도
내 것이 아닌 마당에 있을 때도
뚜껑이 없다는 건 주인이 없다는 말입니다, 아무도 뚜껑을 좋아하지 않는 까닭에 주인은 집에서조차 함부로 나타날 수 없었다
그래서 그의 마당은 늘 모르는 사람들로 북적였다
그의 집은 초입부터 산꼭대기에 이르기까지 거대했기 때문에 그는 날마다 낯선 데서 시간을 때웠다
창밖을 보는 것만으로도 하루가 짧았다
그가 아끼던 원목 테이블은 거의 사랑받았다
정확히는 그가 키우던 나무로 만든 테이블이었기 때문에 그 사랑은 그를 괴롭게 했다
테이블을 보며 그는 말했다 내가 뭣 하러 저런 걸 만들었나?
나무를 벤 것은 그였기 때문에 그는 우울해졌다, 이제 와서 무슨 소용이야
먹다 남은 과자 부스러기, 담배꽁초, 깨진 맥주병이 뒹굴

었다

그에겐 아직 좋은 나무가 많았고 사람들은 그저 쉬러 온 것이었다

나는 어린 나무를 심다가 그의 눈을 보게 된 것이다

유리창 하나를 꽉 채울 만큼 큼직한 그의 눈은 울적함에 한껏 처져 있다

사람들이 뚜껑이라고 부르는 것은 저 눈일지 모른다

멀리 있어서 미래에 있다는 착각이 들 뿐

갑자기 터져 버리면 어쩌나, 불안한 사람들은 당장 그 집을 없애기로 한다 부숴 버리기로 한다 굴착기로

깎던 산이 전부 무너진다

사고는 뚜껑 없음. 훼손된 것은 그뿐이다.

호출

정기적으로 알람을 설정하세요, 선생은 말했지만 나무 깎는 사람은 몰입하는 것이 일이었다

'알람이 얼마나 성가시고 작업에 방해가 되는데……'

나무 깎는 사람은 마음으로 생각했다

요즘 들어 작업도 늦어지고 나무는 생각한 것과 또 달랐다

그것은 나무의 탓도 마음의 문제도 아니었다

한쪽으로 치우쳐진 것은 고쳐 쓸 수 없다는 것이 그가 선생을 찾아간 이유였지만

왼쪽에 비해 오른쪽이 자꾸만 뾰족하게 보이는 것은 어떤 원인이라기보다는 증상에 가까웠다

아직 형태가 없는 그것은 제멋대로 커지거나 작아지다가 버려지기 일쑤였다

그것은 아무것도 아니다, 형태가 없었기 때문에

그렇게 말할 수 있다는 생각이 때론 그를 정말 괜찮게 했다

생각을 하면 그렇게 믿는 구석이 그에게는 있었고 그런 태도는 그의 천직과 잘 맞았기 때문에

변하지 않아서 사람은 약속을 합니다, 따라서 호출이 필

요합니다

이 상관관계에 대해 그는 나무 깎을 때도 선생의 말을 되풀이하고 있다

처음에는 별로 의미 없는 말들을, "하나가 열리면 모든 게 보인다"

"아이들은 과일을 만들고 할아버지는 과일을 키우고 여자들은 과일을 기억한다"*

작년 겨울 어느 강당에서 그런 말을 한 사람은 선생이고

그는 많은 청중일 뿐이라서 아무것도 말하고 있지 않다

지금도 아무 때나 그 말을 떠올리고 있는 그는 갑자기 울리는 호출에 깜짝 놀라고

조금 삐뚤어진 부분을 나무처럼 대한다

그것이 진짜 나무든, 나무 깎는 사람이든

* 이것은 한 워크숍에서 믹스라이스가 했던 말이다. 그들은 공동체와 이주의 문턱을 오가며 사회적으로 다양한 시도와 의미 있는 작업을 하고 있다.

2부

6교시

지금보다 어린 것은 우리에게 많은 이유가 됐다
그것은 어른이 우리를 이해하는 방식이었지만 이해하기 위한 합리적인 의심에 불과했다
쉬는 시간은 자유로운 편이었다
실내화를 신고 운동장에서 게임을 하거나 혼자 있어도 상관없었다
내일이면 방학이었고 혼자 있는 건 나쁘지 않았다
우리는 각자의 자리에서 쉬는 시간을 때우고 있었다
나는 어렵지 않게 운동장이 내려다보이는 테라스에 자리를 잡았다
청소를 하거나 미술 시간을 제외하고는 거의 잠겨 있었지만 학교는 방학을 앞두고 개방적이었다
운동장이 잘 보이는 그곳에서는 운동장 그 주변도 잘 보였다
턱걸이 잘하던 애는 작고 가벼워서 철봉에 거의 매달려 살았다
쉬는 시간이 끝나면 붉은 얼굴로 교실에 들어오던 그 애에 대해 처음에는 모두가 대수롭지 않게 생각했으나
누군가 그것을 목격한 이후로 그 애는 모두의 대상이

됐다

그 위에서 걸어 다닌대, 잠도 잔대, 혼잣말도 한대, 개 죽은 애래

그러니까 말은 직접 확인하고 싶게 했다 그러나 쉬는 시간마다 찾아간 철봉 어디에도 그 애는 없었다

종이 울렸지만 우리는 원래 있던 곳에 남아 하던 것을 계속한다

그런 역할 놀이는 유치해 보였다 그래서 더 잔인하게 보였다

저기서는 보이지만 여기서는 보이지 않아서

화단으로 나온 선생조차 놀이라는 수단을 자상하게 바라보는 것이다

철봉은 어디까지 박혀 있을까

그 애가 없는 철봉은 그 옆에 있는 도구와 같았다

나는 옆에 있는 것을 좋아하지 않았다 여럿이 있을 때

그 안에 있는 복수를 싫어했다

모두가 각자의 자리로 돌아갔을 때 나는 철봉으로 갔다

거기에서 보이는 것은 집이다

그 애가 없는

집으로 전화가 왔다 왜 종례에 오지 않았니 선생은 물었고

나는 괜찮다고 말했다 이제 방학이니까

방학은 혼자 있어도 진짜 진짜로 괜찮으니까

의심

학교에 갔는데 누군가 신발에 낙서를 했다
살아서 나가지 못할 것

단서를 찾아야 한다
1. 작은 사람은 나를 크게 본다
2. 큰 사람은 나를 작게 본다
3. 틀린 것을 보고 답을 고친다

가능한 반대와 반대의 가능

선생은 학생에게 극단적으로 말한다
앞문으로 가지 말고 뒷문으로 들어가라

문이 없다면 돌아가라
돌아가다가 죽는 상상을 한다

가까이 있다면 크게 보일 것이다

멀리서 문이 열린다

내가 작아서 공간이 크다

큰 사람이 작은 사람을 찾고 있는 뒷문에서 신발을 벗고 발꿈치를 들고 들어간다 안으로

마음이 남아 있다니 믿을 수 없다
잘못을 하지 않아도 반성하게 된다

죽은 사람으로서
나는 신발을 두고 나온다

따라가는 사람은 회고주의자가 된다

* 낙서는 문체부 쓰기 정체이다.

탁희에게

우정 시를 쓰는 수업을 듣다가 탁희를 생각하고 있다. 탁희는 말을 못 해, 탁희는 바보 같지. 칠판 앞에 서서 자신을 소개하던 탁희의 목소리가 한데 모였다가 흩어졌다. 탁희는 짧은 머리에 긴 바지를 입고 다녔지. 탁희를 괴롭히던 ☆☆☆, △△△, □□□를 생각하고 있다. 별은 여전히 별 볼 일 없고, 세모는 단순하고, 네모는 그나마 반듯하게 살고 있다는, 나와 상관없는 형편에 대해 생각하고 있다. 시끄러운 별의 옆자리가 되었을 때는 별에게 다가가 "숨도 쉬지 마"라고 속삭이던 순간을 생각하고 있다. 가끔 아무도 듣지 못하는 정적에 대해 생각하고 있다. 생각할수록 나쁜 쪽으로 생각하고 있다. 마츠오카 마사노리의 「가네다 군의 보물」을 읽다가 탁희가 나를 친구로 생각했으면 어쩌나 생각하고 있다. 괜찮다고 말하던 탁희를 생각하고 있다. 다른 학생이 먹다 남기고 간 식판을 대신 치우거나, 머리카락에 수북하게 쌓인 지우개 가루를 털어 내거나, 수많은 발자국이 찍힌 체육복을 입고 교실로 돌아올 때에도, 탁희는 웃고 있었다. 난 그런 탁희의 모습이 싫었다. 갑자기 발작을 일으키며 픽, 쓰러지더니 잠시 후에 아무 일도 아니라는 듯이 일어나 먼지나 흙 따위를 털며 웃던, 약하기까지 했던 탁희가 정말로 싫었다. 나는 단 한 번도 탁희에게 말을 건 적이 없었다. 괴롭힘을 당하던 탁희를 도와준 적도 없었다. 하지만 날 보며 웃는 탁희의 시선이, 그 웃음이 싫었다. 탁희는 웃음을 참는 사람처럼 보이기까지 했는데, 너무 큰 비밀을 혼자 짊어진 사람처럼 입술을 떨곤 했다. 정말 괜찮은 걸까, 탁희는 왜 내게 그런 말을 했을까. 겨울이 왔고, 우리는 진학을 앞두고 있었다. 탁희는 다른 학교로 간다. 탁희는 웃지 않고, 탁희는 말 못 해, 탁희는 바보 같지, 이 말을 되풀이하며 묵묵히 교실을 나서던 탁희를 지켜보는 사람은 한 명도 없었다. 멀리서부터 손을 흔들며 귀찮게 굴던 탁희를 생각하고 있다. 탁희의 까만 주근깨를 생각하고 있다. 흩어질 것 같다고 생각하고 있다. 탁희의 친구가 되는 것은 그때나 지금이나 떨어지는 유성처럼 먼 일이라고 생각하고 있다. 나는 그런 탁희를 생각하고 있다.

후문

선생은 불량한 학생을 불러 세웠다 벌 받는 친구를 보며 한 명이 웃자 모두가 웃었다

이렇게 사는 것도 나쁘지 않군

호루라기 소리가 들렸다 술래가 수를 세는 동안 아이들이 흩어지고 있었다

나는 덤불 속에서 기다렸다
가장 마지막에 남은 아이를 찾을 때까지

사람은 그리워하기 위해 떠나는 거래
죽어서도 사람은 그런 힘을 가지고 있다

서부 총잡이들이 새의 날개 위에 올라 새의 머리를 향해 방아쇠를 당기자 가장 마지막에 남은 아이가 잡혔다

선생은 아무리 기다려도 오지 않았다

내 두개골의 넓이와 두께를 재려거든

먼저 너의 치수를 재어라
자의 눈금은 이렇게 생겼다

0 1 2 3 4 5 6 7 8 9

정상범위 = 1.69fl.oz

손바닥만 한 튜브
물 위에 뜰 수 있는

삼각형인 집은 네 개의 벽을 가졌다
원형에 가까운 머리는 오차를 오인한다
자는 정확하지 않은 것에 화가 났다

넓이를 가진다는 것은 혼잣말을 하는 것

크리스마스다…… 꿈에는 약속이 없어서 매일 기다려, 거기는 시내버스가 없거든…… 카바리아 나무의 열매는 인간이 깰 수 없대…… 그러나 새는 인간이 할 수 없는 것을 할 수 있지…… 그랜드마 모지스의 그림처럼 볼 수 있지……

엄마는 엄마를 닮는 것을 싫어했지만
나의 작은 자로는 세상을 잴 수 없다네

당신은 10을 재면 1이 남는 자를 가졌고, 두부처럼 흰 안면에 검은 점 하나 없고, 당신은 정확한 사람이고, 흰 것은 무엇이든 할 수 있다고 말하지

10에 가까운 9와
9가 아닌 1의 목소리

레이스처럼 흘러내릴게 아무렇지 않게 걸리적거릴게 작은 소리로 괴롭힐게 1681년 마지막 도도새 죽다 살아 있는 척할게 죽은 것은 아니지만 물 불 공기 흙을 소분할게 한 줌 한 줌 걷어 올릴게 당신의 머리통을 잡던 1770년 모아새 멸종 배가 들어오고 총소리가 가까워지고 있다 누구인가 당신은 달라진 것은 피부색도 나라도 아닌 이름이었다 1815년 사르트 바트만 사망 그는 평생에 많은 사람을 봤다 너희의 배는 뒤집힐 것이고 너희의 놀이는 죄가 될 것이다

1830년 한 방울 법칙 물감 튜브에는 정량의 색이 들어 있다 고대 그리스 조각상처럼 흰색 아닌 세상은 진짜 세상을 덮을 수도 있다 팔레트에 가지고 있는 색을 모두 짠다 플라스틱 스프링 물통에 깨끗한 물을 받는다 그곳에서 보이지 않는 카바리아 나무를 그릴 수도 있다 배를 띄울 수도 있다 조그마한 네 머리통을 그릴 수도 있다

모르는 지침서

인간은 많은 게 필요해서 장소를 만들었다.

천국에 사는 사람은 지옥에 사는 사람을 보지 못해서

세 번 잘못을 하면 마음에 총성이 울린다고 낮게 명령하는 소리를 전하고 있다.

살아서 나의 불행을 빼앗고 있다.

자, 아는 대로 말합니다. 어젯밤에는 왜 경계하지 않았는지.

땅은 꽁꽁 얼어 있었으며 삽이 들어가기란 죽기보다 어려운 일이라는 것은 분명했다.

하지만 그 사실은 모두가 알고 있었기 때문에 불필요한 것이었다.

새로운 것을, 아무도 생각하지 못한 것을 찾아야만 했다.

당번은 책에서 보았던 온갖 주의를 떠올렸다.

그는 마음에 드는 단어가 있을 때마다 지침서 귀퉁이에 적어 두는 습관이 있던 것이다.

어제 적은 단어. 바다 천장, 발광 구름, 노역, 비호, 굴착기.

주의는 없었다고 당번은 생각한다. 그는 가장 증오하는 주의를 말한다. 그것은 바로 인종입니다. 그래서 경계를 하지 않았다고? 당번은 지침서 3장 1번에 뭐라고 적혀 있는지 아십니까. 당번은 알 수가 없다.

그에게 지침서는 귀퉁이나 겨우 쓸 수 있는 종이 쪼가리에 불과하기 때문이다.

인정에 대한 것이었습니다. 본인은 지침서 내용을 모두 확인하였고 숙지하였다고 하지 않았습니까?

그렇지만 모든 지침서가 같은 내용이라는 것을 알게 된 당번은 혼란스러워졌다. 무엇을 경계하고, 지키는 것인지는 지침서에 나와 있는 게 아니었기 때문이다.

그는 과연 그렇게 믿고 싶었으나 어디에서든 가장 극명하게 보이는 것이 적이고, 그들에게 자신도 적으로 보일 뿐이라서

땅을 파고 있다, 승패와 무관하게, 자유에 복종하는 자유민이 되어 가고 있다. 잘못은 우리 모두의 준칙이니까.

나쁜 수업

찰흙으로 인간을 만들었다
뼈가 없어서 누워 있지만
세워도 좋을 것이다
거꾸로 서도 좋을 것이다

땅과 악수를 하고 하늘을 발로 차다가 벌을 받을 수도 있다

실습은 허구가 아닌데 가능하다면,
실제처럼 잘 하고 싶은데
가능하다면, 부자가 되어도 좋겠지
그런 생각을 하며 문을 여는데

지갑을 훔치고 있었다
교실에서 종종
괴롭힘을 당하던 애가

나는 그 애를 훔쳐보고

전적으로 이해할 수 없지만 가정은 기술과 묶여 있다. 사는 데 기술이 필요하다. 따라서 가정이 필요하다는 말로 끝나는 수업에서

나는 준비물이 필요했을 뿐인데
없는 것도 하나의 가정에 불과한데

그 애는 가정을 만들고 있었다

지갑이 없어진 애들은 절대 그 애를 의심하는 적이 없다

찰흙을 세우거나
찰흙을 무너뜨릴 뿐

우리가 만든 인간은 진짜일 수도 있고
이 이야기는 허구일 수도 있다

나는 모르는 척 준비물을 빌린다

둘

책등은 여러 색을 가졌다
다양한 세계관이다

터진 솜처럼 삐져나온 우주
과학은 고정시키고 싶다
불가역적으로 정의하고 싶다

어차피 모든 책은 예상에 불과한데

내 안에 우연은 없다는 심리학자도
결과는 필연적으로 생긴다는 범신론자도
세계 안에 비약은 없다는 관념론자도

연결되어 있다고 믿는다 외적으로든 내적으로든 중간이 되고 싶었다 죄인이 아니라

어느 날 그 사랑이 싫어졌다

서서히 책을 집다가 등이 바래고

같은 문장을 다르게 이해한다면

너는 또 그러는구나 그런 생각하지 마 사람을 만나면서
왜 머리를 쓰겠니

세계는 중간에 있어서 그런 말은 그칠 줄을 모르고
사람들은 우리를 둘이라고 부른다

슈가캔디 마운틴 호두마을

슈가캔디 마운틴은 신비한 하늘나라로 일곱 날이 모두 일요일이며 일 년 내내 클로버가 자라고 설탕이며 아마씨 케이크가 산울타리에서 자란다. 모지즈는 동물들이 죽으면 모두 그 나라로 간다고 믿었다

— 조지 오웰, 『동물농장』

호주머니에서 꺼낸 호두나무를 생각이나 했겠냐만

(큰 소리로) 원한다면 보여 줄 수 있어요! 속에 있는 것 무엇이든!

— 단, 주머니에서 나온 것은 주머니 만든 사람도 모르니 주의할 것.

추측하건대 그가 말하던 '자유와 행복'은 호주머니에서 난 호두나무 같은 것이었다.

(기다렸다는 듯) 저희 주인님은 그러셨지요. 뇌는 보이지 않는 창고라고 말예요. 가지고 있는 물건이 있으신지? 그것은 저에게 무궁무진합니다. 누군가 그것을 꺼내 주기를 기다리고 있지만 어떤 것은 금방 잊히기도 하죠. 창고는 슬프지 않습니다.

어느 관목의 숲. 호두나무가 보였다

탐스러운 호두로 주머니를 채우는
제 몸으로 나올 수 없는 간밤의 꿈자리

"제가 원하는 것은 여기에 없습니다"
첫 번째 생일에 내가 가장 하고 싶었던 말

글자를 읽게 되었을 때 나는 **순전한 이기심**이란 글을 보았다
'어린 시절 무시했던 어른들에게 보복하기'란 문장이 좋았다

어른들은 버리는 것보다는
버린 것에 미련이 있다

그렇다면 자유는? 행복은?
자신의 꿈을 저당 잡아 대가를 치르죠. 이건 행커치프나 물질세계와 같은 터무니없는 이야기가 아닙니다. 원하는 게 있으신지?
당신이라고 말하자 그가 대답한다

살고 싶어

살고 싶지 않아

늙고 싶어

늙고 싶지 않아

늙지 않는 사람들은 매일 아침 마운틴에 모여 미래를 시청한다

나빠지지 않는 관계

물도 불도 만지고 놀았다 친구가 좋아했다

세상에 어쩌다 이렇게 된 거야? 저기 떠돌이 개 좀 봐, 다 두고 갔군? 모든 걸 버리고 떠났어? 그는 말할 때마다 끝을 올렸으나

대답을 원하지 않았다 그러나 친구의 생각은 달랐다

그가 말하는 것은 친구에게는 지연된 상태에 불과했기 때문이다

낄낄거리며 농담이었다고 하기엔 삽으로 흙을 퍼서 관을 덮는 것과 시멘트로 관을 덮어 버리는 것은 다른 일이었다

새어 나가지 말아야 할 것과 막아야 할 것은 서로에게 중요했다

여기서부터 이야기가 시작될 거라고 생각하느냐고 그가 물었다

나는 정말 외국이 싫다, 외국 영화가 싫어 저런 것도 가능하잖아……

처음으로 그는 끝을 다르게 말하고 있다 더 낮게 묻고 있다 위험한 것은 전염될 가능성이 높거든

이제 그는 하나의 말로써 자신이 하는 질문으로 자신이

답한다

그런 그의 모습이 친구는 영화 속 어느 사건보다 난처하다

그는 사건을 확대하는 사람이었다 그가 보기에 친구는 사건을 축소하는 사람이었고

그래도 꽤 낙관적이잖아, 그런 말은 결말에 대한 평가도 영화에 있던 실제 사건에 관한 것도 아니다

사건은 지문이 없는 팬터마임으로

눈이 날리는 것에서

“ ”

눈이 아닌 것으로 끝난다

눈은 없는 것으로 없는 것을 보여 주고 있다

같이 살던 개가 사람들을 몽땅 실어 가는 버스를 쫓다가 지쳐서 걷다가 쫓다가 떠돌게 된다

사고는 맹목적으로 개를 슬프게 한다

분명히 우리는 하나의 무기를 갖고 있는데, 그것은 바로 따옴표입니다*

멍멍 개가 짖는다 그에게 없는

친구의 이야기는 반과거 시제로 되어 있다

* 피에르 부르디외·로제 샤르티에, 『사회학자와 역사학자』.

오해를 좋아하지만

문의 생각을 알 리가 있나. 마음에 장벽이라도 쌓았는지. 무슨 말을 해도 꽉 막힌 사람이 있다. 아무도 들어오지 마. 문은 쌍심지를 켜고 노려본다. 본의 아니게 친절한 사람을. 본의 아니게, 돌아가는 문은 멈춰 있다고 생각한다. 닫혀 있다고 생각한다. 실체가 없다고 생각한다. 이것은 문이 아니라고 생각한다. 쓸 수 없는 문은 가짜다, 도끼로 자신을 찍는 나무가 아깝다. 좋은 문은 보기 쉬워야 한다. 문턱을 잘 넘어야 한다. 그러나 문은 문턱을 떠날 수 없어서 좋은 문이 될 수 없었다. 페인트칠도 새로 하고 문고리도 명랑하게 바꿨으나 보는 사람이 없다. 스타일을 바꿔서 그런지 목소리도 예전 같지 않고 자신이 없다. 혼자 있는데 혼자 있고 싶다. 가만히 있어도 한쪽은 너무 덥고 한쪽은 너무 추운 문은 두 개의 세상을 보고 있다. 사람들은 레오퍼드를 난해하다고 생각한다. 도트 무늬를 난해하다고 생각한다. 한 끗 차이라고 문은 생각한다. 차가움과 따뜻함은…… 성질은 변할 수 있다. 문을 연다면, 문을 연다면…… 저 혼자 열리는 문을 보고 나는 깜짝 놀라고, 문은 세상에 대한 새로운 오해를 시작한다. 나는 문이 아니라서 도끼는 자꾸만 독기로 들린다. 독기를 품어야 돼 독기를.

알았지, 너만 믿는다, 그렇게 문은 갔다.

모자이크 백반

줄과 칸이 있다
많이 기다렸을 것이다
어제는 입맛이 없어서 걸었더니
블록이라는 게 어지러웠다

식판은 뒤로 갈수록
많은 것을 담을 수 없었다

난 왜 이 모양으로 태어났을까
그릇이 작아서, 급식비가 없어서 뒤로 가면서
유리블록은 위험하다는 말을 들었다

얼음 조각 하나를 숨겨 둔 것이다

얼음은 녹을 수 있다
사고는 피해를 의도할 수 있다
나는 단식을 의도할 수 있다

테이블을 치우고 얼음물을 놓고

다음 차례를 부를 수 있다

처음부터 끝까지 자연스럽게 넘어가고 싶다

공중에서 유리를 닦는 사람은
유리에 갇힌 사람들을 본다

가끔 줄이 있다는 생각을 놓친다

생각에 점심시간을 놓친다
두꺼운 생각은 왜 깨고 싶을까
뜨거운 것도 모르고 백반을 시킨다

호호 불면
세상이 희다
닦을수록
유리는 비현실적으로 있어서

어떤 때는 정말 갇히는 때가 있다

인식의 도구들

사실을 말하면 부분은 전부가 된다.

①그런 일이 가능하기는 할까? 가능한 게 중요한 건 아니지만

중요한 것을 생략하는 것은 가능하다. 중요한 것. 생략하기. 중요한 것, 생략하기. 중요한 것 생략하기.

싸우는 이유를 생각하기 때문에 싸우는 것은 멈출 수 없다.

누르면 죽음. 어디서부터? 가능한 것에서부터.

당신을 찾아왔다던데. **②초대한 적 없는 누군가 왔다.**

나 오늘 왜 이렇게 고단함? 왜 이렇게 우울함?

그는 거실에서 서재로 다시 거실로 나와 소파에 앉아 신문을 넘기고 있다.

나는 하얀 테이프를 문틈에 붙인다. 쉽게 열지 못하게 꼭꼭 문을 잠근다.

나는 그가 미워한다는 것을 안다.

그가 여러 명이라는 것을 안다.

미워하는 사람도 자신은 사랑하는 사람이겠죠.

그는 자신의 경험적 사실을 토대로 현상을 바라보는 환원주의적 태도를 가졌으나 원인보다는 결과에 치중했다.

③그는 자신을 필수불가결한 것으로 생각했다.

그게 사실이 아니라면? 허락도 없이 신발을 신고 들어온 그를 나무랄 수도 없을 테고

찾아온 이유는커녕 그의 목적도 알지 못할 것이다. 똑똑똑.

여기서 내가 할 수 있는 생각이란 사실에 대한 것이지 사실이 아니다.

④그래서 나는 조금 슬펐다. 사실이 아닌 것들에 대해.

사랑하는 자신. 너무 사랑하는 자신. 너무 많이 사랑하는 자신에게 '사실'은 누군가의 미래를 집어삼키는 느린 폭력이 된다.

똑똑똑.

사랑이라는 가능성에 〔자신〕을 사랑하지 않는 사람은 없다고 믿기 때문에 **⑤그는 사랑받고 싶어 한다.**

〔자신〕을 전혀 사랑하지 않는 사람에게, 그는 누군가?

너무 많이 사랑하는 자신? 나? 당신? 아무도 아님?

똑똑똑. 누군가 그를 찾고 있지만 숨을 수 있다고 생각하지 못한 것은 찾을 수 없다.

아무리 문을 활짝 열었다고 해도

보이지 않으면 **⑥그는 방에 없는 사람이니까.**

인간적인 너무나 인간적인 집

며칠째 두 손이 붙어서 떨어지지 않는다
눈을 안으로 돌이키는 노력이라 한다

자세에는 내가 모르는 면이 많아서
심각하지 않은 일도 심각하게 보인다

내 말은 손이 아니라 주먹인데 엄마가 자꾸 가위를 내서 내가 질 수 없잖아요
시원한 물 한잔 하고 쉬고 계세요
다행히 냉장고가 텅 비어서
일하고 온 아빠가 들어가 있다

살짝 남은 공간으로 보아 아빠의 부피는 조금 줄었고
했던 말을 또 하는 엄마의 어딘가는 손상된 것이 분명하다

자꾸 저더러 병원에 가라고 하지 마시고
먼저 다녀오세요 기둥이 튼튼해야 집이 서죠
어차피 다 쓰러져 가는 집이지만

한 손을 밀면 한 손이 가만히 있겠어요?

그렇게 말하고 냉장고 문을 닫아 주었다
외출에서 돌아오지 않는 마음으로

작은 것이 구체적으로 구성되는 집을 바라보며
그것은 의지의 성질을 개조하는 일이라고

폐문을 열어젖히며 이런 말을 하는 것이다
작은 집을 품에 안고 뭐든 시작하기 좋은 날이라고

어떤 미래의

마음이 강아지만 해, 라고 말하면 울상인 것, 마른 빨래처럼 바싹 외로워지는 것, 이러다 정말 뼈만 남겠어, 나 죽으면 기억하지 마. 오늘은 마지막으로 축하받고 싶다. 천천히 초에 불을 켜고 사전에 표기된 낱말을 해방하라. 스트라이크, 사보타주, 모럴 해저드, 해이, 해이, 해이. 나를 불렀는데 네가 대답한다. 의무라는 건 부당할 때가 있지. ***유전****의 의무는 뭐랄까, 노동 같은 것, 반복적인 것, 불가피한 것 역시 나의 일인데. 나 없이 살 수 있을 것 같아? 그런 말은 네가 한다. 나도 말을 잘하고 싶다. 네가 알아들을 수 있게, ***유전***은 오빠가 동생을 죽이는 영화였잖아. 그러면 너는, 엄마가 아들을 죽이는 영화였다고 한다. 가족이 전부 죽었으니 더 이상 유전이 아니라고. 그러나 너는 항상 결말을 잊는다. 뭔가 남았다는 것을 잊는다. 먹다 남은 케이크와 생크림 범벅인 칼 따위를, 전혀 위협적이지 않다고 믿는 것들을, 끝까지 봐야 이해할 수 있다. 영화라면 그럴 수 있다. 영화 속에서 시간은 무수한 방식으로 해결되니까. 영화 속에서 죽은 것은 사실이 아니니까. 그러나 우리가 키우던 개는 미래에 없을 테고, 나는 늙어서 영화를 보다가 졸다가 중요한 장면들을 놓치고, 너는 개가 없는 장면에 내가 없다는 사실을 잊는다, 나는 낱말을 해방하는 역할을 맡았을 뿐인데 진짜로 해방된다.

* 아리 에스터의 영화

다시 찾는

개의 그림을 그렸더니 그림은 움직이는 게 꿈이었다

3부

선산에 있는

집을 나간 엄마를 쫓아간 개가 오지 않자
솜이불을 가져와 땅속에 늘어놓았다
엄마가 오면 우리는 흙을 털고 집으로 간다

도도와 모아

성장에 관해서라면 행은 탁월한 재주꾼.
한 시기를 놓치면 지어서라도 속이는 바.
길은 옆구리에 벽이 있음을 알게 되자
행과 논의했더랬다. 벽이 옆을 끌어당겼소.
사랑, 싸움, 기근, 전쟁이 후세에 물려줄
세계를 정복하기 위해 대륙을 나눈 것이요.
벽은 협곡이에요. 멀리서 볼수록 잘 보이는
길은 바다를 건너오게 된 경위를 밝힌다.
그것은 미필적 고의라고 고고학자는 쓴다.
그것은 자연의 죽음이라고 필경사는 쓴다.
불가피하게도 행은 순서를 바꾸기로 함.
기원전 모리셔스 섬에 불시착한 도도는
두 발로 걷는 날개 없는 새의 종이었다.
길은 인간이 새의 후손이라 전했더랬다.
도도는 자신의 지저귐을 사랑한 인간에게
노랫말을 갖거든 제 귀의 창을 열어 달라
속삭임. 훗날 섬을 침략한 인간의 후손은
새집을 짓고 전령을 보낼 새를 키웠더랬다.
커다란 창으로 승전보와 옛 신의 죽음이

전해지자 도도는 볼 수 없게 되었더랬다.
불행하게도 행은 종말에 대해 예측한 바.
어느 날 모아는 섬에 정박한 배를 보았다.
백사장에 쓰러져 있던 작고 야윈 사공이
눈을 뜰 때까지 모아는 그의 옆을 지켰다.
서로 말을 주고받지 못해도 알 수 있었다.
머지않아 사공이 떠날 때가 되자 모아는
함께 바다로 갔더랬다. 멀리 험하고 사나운
길이 보였다. 자라나는 것이 저마다 다른
열대우림의 유원지였다. 사공은 울타리를
짓고 모아를 위해 매일 수많은 사람들을
데려왔더랬다. 모아는 길게 늘어선 줄을
굽어 살펴보는 바. 길마다 잎이 가득하고
사방이 인간의 다른 우리로 조성된 숲에서
도도와 모아는 사라진 옆구리를 구획한다.

언제라도 늙은

“두 명이군”

“냉정하긴, 너무 일찍 왔어”

“일찍 온 게 다행인지도 모르지. 그리 둔하지는 않은 것 같네”

“저 둘을 위해 춤이라도 추는 건 어떤가”

“춤추는 걸 본 적도 없으면서”

“절을 드려도 좋지. 저번에 다녀온 곳은 무색계였네. 네 개의 문이 뱅글뱅글 돌아서 들어가기 여간 쉬운 일이 아니었다네”

“적잖이 잘 모시고 있나 보군”

“아직까지도 귀에서 목탁 소리가 들린다네”

“거 참 성가시게 됐군”

“바라는 게 있다면 그만 죽는 걸세”

“그러려면 가급적 말을 아껴야 한다네”

“저 둘은 머물다 가려나. 가면 돌아오지 못하겠지”

“자넨 관심이 지나쳐. 그래서 죽을 수 있겠나”

“우리와 같은 처지가 되면 어쩌나 근심이 생겨 그런 거라네”

“가만히 지켜보기로 하세. 제대로 보지 못하면 죽어서도 분별력이 흐리다는 원망을 사기 마련이니"

"난 원망은 키우지 않는다네"

"그럼 왜 아직도 떠나지 못하는가?"

"나를 원망하는 자를 모르니 여옹의 베개를 베고 잠이 들었다 깨어난 노생의 꿈과 같은 것이야"

"깨어나지도 않았으면서 그게 무슨 소용인가"

"우리도 한때는 사람의 몸 아니었나"

"자넨 여전히 깊숙이 아픈가 보군"

바다 사는 연습

물을 받기 위해 컵을 두었다
엎어질 것이다
그곳에 살고 싶다

불 꺼진 병원은 무서워
비상구와 천장이 없는 벽돌 공장에는
"돌 조심"
이라고 적혀 있다

그러나 젊은 부부는 모른다
평생을 병원에 간 적이 없어서
거기에 가면서 거기를 생각한다

덥고
시원하다

비행기를 타면 아래를 보라고
땅이 푹, 가라앉는 것 같다고 했지만

나는 물이 떨어지는 곳에 누워 천장을 보고 있다

선을 넘으면 죽을 것이다

땅에서든, 바다에서든
터널 공사를 하고 있었는데

늙은 부부의 귀는 많이 어둡고
세상이 얼마나 좁은지 하늘에서 보았다
가끔 죽은 연습도 하고, 사는 연습도 하라고
그렇게 사람은 세 번 큰다고

그러나,
병은 쉽게 고쳐지지 않아서
병을 갖고 사는 연습이 필요하다

퇴원을 하고 집에 갔는데
집 곳곳에 벽돌이 쌓여 있다

나는 죽은 척하다가 정말로 잠이 든다

아무도 산 적이 없어서
거기는 아직 거기에 있다

날아오는 총알을 늦추려거든

내려가지 말고 올라갈 것
눈에 띄지 말고
어느 돌에 숨지 말고
흐르는 물에 돌을 던질 것
숲이 깨어날 때까지
작은 돌로
큰 돌을 깰 것
그것은 적막이 깨지는 소리
숲의 위험을 알리는 소리
그러면 나무는 즉시 새를 보내 온 마을에 알릴 것
그리하여 새가 한꺼번에 날아오르면
서서히 돌 것
질서 지키지 말고
아무도 따르지 말고
새로운 길을 만들기 위해서는 우선 모든 길을 덮어야
한다
잎의 정수리로
늘어진 나뭇가지로
햇빛의 맨발로

그러면 길을 잃은 주인은
개를 풀 수도 있다
총을 쏠 수도 있다
그러나 총소리에 깜짝 놀란 개는
제가 왔던 곳으로 달아나고
(멍청한 짐승 같으니라고!)
성난 주인이 개를 탓하는 동안
까마득히 달리던 개는 주인에게 돌아가기에
길은 이미 엉켜 버린 것이다
빽빽하게 둘러 있는 나무가 벽이라면
새는 하늘을 가리는 지붕일 것
사방이 어둡다면 그것은 우리가 모여 있기 때문이야
그러나 눈치 없는 인간은 옆구리에 총을 낀 채
신을 찾거나 동이 트기를 간절히 바라는 것
어리석은 인간을 위해
공포를 만든 것 또한 신의 과제였음으로
한 발짝 물러난 약탈자를 향해
숲이 전부 모이면
문이 없는 집으로

숲의 진짜 주인이 걸어 나온다

* 그림일지라도 새의 털을 건드리지 않길 바라는 마음에 자크 프레베르의 「어느 새의 초상화를 그리려면」을 변용.

잃어버린 모든 것은
다시 돌아오지 않는다*

As dead as a dodo

* 엄마는 천벌이라는 단어를 좋아했다. 그것은 전부 울타리 때문이었다. 마을에는 마을을 지키는 문이 있었다. 싸움은 거기에서 온다. 전쟁에서 돌아온 아버지가 농약을 선택한 것은 엄마에게 벌이었다. 적어도 벼가 자라기까지 그랬다. 어려서 창조는 파괴가 불가피하다고 배웠으나 이제 그 말을 믿지 않는다. 세상에 모든 싸움은 분리되어 있을 뿐이다. 창조는 절대로 파괴되지 않는다. 파괴되는 것은 울타리가 없는 것들. 울타리는 결코 싸우지 않는다. 그곳엔 싸움이 멈춰 있다. 필요에 의해 살아 있다. 잘못 쓰일 수밖에 없는 과거처럼 죽음이 살아 있다. 그리하여 건강은 무섭다. 어떻게 위로하는지도 모르면서 쉽게 연민하니까. 살기 편한 것은 죽기에 얼마나 쉬운 일인가. 물이 마르지 않는다면 평생을 먹고 살기 좋을 냇가에 모여 살던 때가 있었다고 한다. 농사를 짓고 쌀을 씻어 밥을 하고 모두가 어울려 지냈다고 한다. 염소 같은 생활이었다. 지켜야 할 게 많았고 싸웠다. 이길 수 없는 싸움이 많았다. 마음에 죄라는 게 있고 하늘이 내리는 벌이라는 게 진짜로 있다며 엄마는 벌을 빌었고 나는 땅에 떨어진 구슬을 보면 좋지 않다고 말했다.

우리는 맞았다

긁으면 더 긁고 싶지만 닿지 않으니까 참아야지

우리는 맞았다, 미술 대회에서 예보에 없던 비가 오는 것을

"우천시 취소될 수 있다"고 적혀 있다

옷들은 행거에 목을 매달고 있다

옷의 어깨, 가슴, 팔, 등을 잘 보이게 진열을 하는 것은 나의 일이다

조금 더 위에, 조금만 더 그렇게 말하는 것 같다

몸뚱이를 벗을 수 있다면 가려운 곳을 긁을 수 있겠지

주머니에 손을 찔러 넣을 수도 있을 것이다

비가 오는 날에는 유난히 뒷목이 당기고 어깨가 아프다

점쟁이는 어려서 죽은 언니가 내 어깨를 누르고 있다고 한다

비가 오지 않았더라면, 생각한다, 간절한 건 잘 안 되는 법이지

주최 측은 비가 그치지 않자 대회를 보는 시간과 그리는 시간으로 나눈다고 알려 왔다

대회에 참가한 아이들은 가방만 한 화통을 어깨에 메고 다녔다

우리는 가지고 있는 물감도 별로 없고 붓은 달랑 하나 뿐이어서

보는 시간에 가장 좋은 자리라도 차지할 요량으로 강당에 들어갔다 혼자 언니는 비가 내리는 곳으로 갔다 오지 않는다

아직도 보고 있을 수도 있다, 비에 젖은 나무를

그리고 있을 수도 있다, 수채화는 물이 중요하니까

그런 생각을 하다가 나는 숨을 참을 수도 있다

무엇을 시작할 때마다 그때가 생각난다

텅 빈 강당에 앉아 본 적 없는 그 나무를 그리던 때가

폭우

떠난 사람을 기다리는 것은 이상한 일이다

창가에 앉은 젊은이는 큰 사람이 되라던
신들의 유년이 낡고 오래되었음을 알게 되었다

우리는 가까스로 계단에 오르고
너는 왜 인사를 안 하니 죽은 것도 아니고

동경하는 어린 소녀는 구름다리 위에서 놀았다

어느 날 거구의 한 여자가 나타나
소녀에게 폭풍에 대해 일러 주었다

높은 곳은 더 높은 곳을 선망하게 하지
바다로 간 형제는 구겨진 종잇장처럼
알아볼 수 없는 문장이 되어 돌아왔다

빗물에 미끄러진 화물차가 정류소를 덮쳐 버스를 기다리던 사람들이 죽었다는 이야기와

빗물에 잠긴 전선을 밟은 어느 농부의 죽음을…… 우리는 살아서 알 수가 없지

숲의 아이들은 빗물이 세상의 소음을 지우는 것이라 믿는다

경험은 진리보다 정확하다는 어느 철학자의 믿음은 습관이 되어 버리고 어떤 사람의 선택은 엉망으로 완성된다

손댈수록 불투명해지는 구정물처럼
그 안에 무엇을 품고 있을지
쉽게 이해하지 않기로 한다

그래도 삶은 어떤 믿음으로 나아가고
끊어진 전선처럼 떼를 지어 떠나는 개미들

배고픈 아이는 기다리는 것을 모르고
노인은 잠시 쉬었다 가겠다 말하고

불의 원료

네가 일어나지 않았으면 좋겠다 물이 끓는 소리에 선잠이 깬 나는 네가 나간 뒤

커피포트를 버리러 갈 거다

네가 집에 돌아오면 너는 그때 갖다 버리면 된다

두 눈을 감고 하나의 불꽃을 상상한다

그만이라고, 너의 두 귀는 지긋지긋할 뿐만 아니라

더 이상 너와 밤을 보내고 싶지 않으니

차라리 내가 들어가서 나오지 말든지, 아예 들어가지 말아야지

나는 네 몸을 빌려서 밥도 먹고 모임도 가야 하는데

'시끄러워 죽겠네…… 윗집 화장실은 내 집보다 넓겠지 아저씨네 집이니까 참아야지…… 내가 없어도 그만일 텐데. 그렇다고 안 나갈 수도 없고…… 내가 이유가 되면 안 되니까. 조심해야지…… 만약에 형이 사랑을 받았더라면 그렇게 가진 않았겠지…… 적어도 나는 내가 아니길 바랐지…… 위험하다 우울하다 형은…… 그냥 받아들이자 그 카페에는 계단만 있었잖아…… 오늘은 버린 게 아무것도 없네…… 처음 왔을 때 식물은 상태가 좋았는데…… 죽였잖아 네가. 그래 그건 나였어…… 갑자기 벌레가 날아와서

입속으로……'

천천히 너의 팔을 끼우고 다리를 입는다

너무 따뜻해서 나는 계속 있기로 한다

스테이플러

……성실한 사람의 일상이 꽂혀 있다
최후의 일이라는 듯
철은 그것들을 지나 산책한다

천변을 건너면 공장이 있고
다 자란 아이들이 있고
식탁에는 아침과 빵이 있지

접시 위로 잠든 부모의 얼굴을 내려다보는 나의 미래는 평평한가?

개는 평화롭게 잠든 주인의 손등을 핥는다

파도에 쓸린 해안 절벽은
애인의 등처럼 세계에서 유린된 것

"여기서 떨어져도 죽지 않아"

병상에 누워 있는 환자의 오랜 투석과
지켜보는 자의 슬픔은 스스로의 것이고

우리는 서로의 증오심을 이해할 수 없기에 견딜 수 있다

오래된 식사보다 권태로운 사랑을
지켜보는 동안 접시를 비웠다

유리잔이 강물처럼 넘치고 있어
입안에 네 몸을 부었다 우리의 피가 흐른다

역사에도 가정이 있다면
나의 말은 곧 네게로 향할 것이고 네 말에 답하는 이것은 사랑인가 사랑의 폭력인가
우리를 엮고 있는 것 또한 우리의 살이고
이것은 철의 일이기도 하다

철은 그렇게 살아갈 것이다

지극히 어느 한 점에서
바늘의 방식으로

어느 날의 젊음과 신념을 이야기하며 공장으로 향하는 이 길은 어제도 걸어온 길이고 옆을 돌아보면 어제와는 다른 우리의 모습이 걸어가고

파고

행상은 거리에 앉아 있다
의자가 없는 사람도
의자가 되어 앉아 있다

보이지 않는 경계를 두고

어항이 물고기에게 여름이 종파에게 목가적인 세기의 농담을 하고 있었다

모든 것엔 때가 있다고

불완전한 것이 바람의 운명이라 해도
파도 없이 일어설 수 없는 바다처럼

그렇게 태어나는 사람도 있다

의자가 있는 저녁
다리가 없는 식탁

오지 않는 호우는 형의 의문이었지

정물화 시간에 형은 깨진 유리를 그렸다

문제를 짚어 주는 선생의 목소리는
정적인 가정의 또 다른 문제를 울리고

행상은 유유히 지나가는 걸음이 물고기의 힘줄을 끊는 칼날 같다

난파된 배의 몰락을 닮아 떠나지 못하는 형은 촌스럽고 옛날 일만 생각해서 죽은 사람 같고

그를 슬프게 하는 것은
무엇보다 사람들의 믿음이었다

기적과 별명이 다르지 않은 것처럼
오래 지나지 않아 건져 올린 세상에서

그가 가장 듣기 싫어했던 말

“마네킹, 귀신, 조선시대 사람”

물의 다발

내가 아팠을 때 살아 있는 것은 사람이었지. 이 모두가 나를 안다. 그것은 나를 피곤하게 했다. 나는 기억의 요람에 누워. 꺼지지 않는 잠의 동굴을. 낮과 밤이 동일한 세계를. 기다린다. 무릎에 하나 내 어깨에 하나. 병이 지나가고. 그런 일은 자주 일어난다. 발맞춰 나아가길 바라는 세상에서. 꿈을 좇는 것이 불가능한 나의 비약한 가정은 물보다 진한가. 피는 사랑보다 끈적이는가. 사랑이 넘쳐 피가 마를 날이 없는 집이여. 불안한 어머니는 살기 위해 거리로 나갔습니다. 이제는 위문이 초석이 된. 길모퉁이에서 야채를 팔고. 낮은 곳으로 향하던. 빗물에 발목이 서서히 잠기는. 다리가 있다면. 모방은 나의 꿈이었다. 더 높은 곳으로 향하는 사람들처럼. 한 다발의 기쁨과 한 다발의 행운을 기대하시라. 나를 밀어주던 사람은 힘주어 내게 말했다. 드넓게 펼쳐진 광경과 하나의 지속적인 그림을 얻으려 하면서* 하나의 점에서 다른 점으로. 다른 선에서 다른 하나의 면으로. 정상에 다다르자. 기다린다는 것은 아직 살아 있다는 거지. 빛을 발하는 어둠 속에서. 무릎에 하나. 어깨에 하나. 병이 지나가고. 그 어떤 미동도. 소리도 없이. 넘어, 가고 있다. 나의 말에 걸려 넘어지던 사람들처럼. 이게 다 정체불

명의 그림자 때문이야. 돌 같은 밤을 팽개치고 도망간 너구리 탓이야. 자연을 탐방하겠다고 산을 조각낸 인간들 때문이야. 안 되는 걸 알면서. 걷고 싶다고 한 내 잘못이야. 미안한 동생은 내게 말했지. 사랑하는 것은 동정하는 거라던 어느 시인의 유고처럼 동생은 살아서 나를 위한 시를 쓰고. 사람을 살리지 못한 의사가 환자의 죽음으로 소설을 쓴다 해도. 선생이 있다면 저는 아프지만 선생이 없다면 저는 나을 수 없어요. 살기 위해 나는 아플 수도. 죽을 수도 있지. 무게도 이해도 없이. 친절한 세상이여. 그러니 누구의 슬픔도 빼앗지 말라. 의식이 조약돌 아래 잠들어 있다. 죽음으로 향하는 모든 것과 함께. 시간이 나를 끌고 간다. 내 팔이 나의 두 다리를 데려가는 것처럼.

* 마르셀 프루스트, 『잃어버린 시간을 찾아서』.

변양

서북부 연안의 작은 나라에 살던 왕의 아들은 왕이 된다

길을 걷던 어린 왕은
올리브 나무숲을 보았다

서 있는 것은 나무의 일이다

사람은 사람을 주변으로 만들고
우리는 서로 다른 모종의 역사를 가졌으니

네가 걸으면 모두가 뒤를 따를 것이며
광활한 초원은 죽음의 무도가 될 것이다

그것은 올리브의 예언이자 부왕의 유언이었다

스무 해가 지나면 한 그루의 나무는 더 큰 나무로 자라날 것이고 왕의 아들은 왕이 되겠지만

연한 것은 쉽게 상하고 유서에 적힌 문장처럼

팔로 자신이 지닌 비밀을 멀리하는 시체들*
어린 왕은 병든 나무의 가지를 묻어 주었다

사람의 뼈였다면 슬펐을 것이다

변방을 지키던 병사들이 돌아오지 않자
장승을 세워 그들을 기리는 날이 계속되었다

기다리는 것은 다른 재앙의 시작이었지만
그것은 왕이 살아가야 할 이유가 되었다

어떤 기다림은 망각의 숲에서 자신의 운명을 마주하고
괜찮은 사람이라는 생각이 오늘을 살아가게 하지만

돌이켜보면 좋지 않은 일은 좋아지지 않는다

* 스테판 말라르메, 『주사위 던지기』.

4부

고정관념

한 남자가 길을 묻더군. 종이 위에 건물과 도로를 그려 줬지. 지도를 주려고 하자 남자는 택시를 타곤 가 버렸어. 가방에 아무렇게나 구겨 넣은 지도를 보는데 이상해, 지도에 그린 도형의 조합이. 가만 보니 내 이름이잖아.

붉은 모델

오브제 머리말 ;
신발은 인간의 벗은 두 발로 서 있다.

우리는 가끔 속아 넘어간다. 머리말과 말꼬리에 대해, 전부와 일부에 대해, 발과 신발에 대해, 날씨와 창문에 대해, 화분과 둘레에 대해, 여자와 남자에 대해, 나와 다른 것에 대해, 두 번째 애인과 우정에 대해, 침대는 가구가 아닙니다. 상징과 상상에 대해, 어른과 아이에 대해, 너는 왜 머리가 자라지 않니? 언어와 질서에 대해, 신은 아직도 많으니까, 근심과 감시에 대해, 강박과 히스테리에 대해, 마그리트와 베를린에 대해, 벨기에와 독일에 대해, 멈춘 것과 멈추지 않은 것에 대해, 이를테면 벽과 문에 대해, 반대로 여십시오. 반대로 열었더니 문은 벽의 작은 창이 되었다. 사람들은 벽으로 들어가면 집이 있다고 믿었다. 집이라면 사랑도 폭력도 있다. 아무도 모르는 사연과 슬픔에 대해, 사실과 거짓말에 대해, 동화와 비극에 대해, 순화와 우화에 대해, 눈과 엑스터시에 대해, 실수와 미수에 대해, 살인과 교사에 대해, 세계와 번역에 대해, 오해와 해석에 대해 일부의 색칠이 끝났다.

그런 퍼포먼스

당장 나가라는 그의 말을 듣고
바지를 입다가
몸이 두 개로 나뉘었지

~~"어찌 너는 기다리지 않았는가~~
~~무거움이 너에게 견딜 수 없게 되기를, 그때 그것이 역전이 되거늘~~
~~그리고 그것이 그토록 무거운 것은 그토록 순수하기 때문인 것을"~~

릴케는 볼프 그라프 폰 칼크로이트를 위하여 썼고
그의 엄마는 그에게 드레스를 입혔지
죽은 딸을 위하여
그 정도 퍼포먼스는 해야지
너는 우리가 사랑하는 엄마니까

성기에 붓을 꽂고 그림을 그리자*
왼쪽으로 한 번, 오른쪽으로 한 번
신나게 엉덩이를 흔드는데

애가 생겼다 하나도 아닌 둘이

물은 밟으면 꿈틀거린다 너무 놀라서, 어쩔 수 없어서, 우리를 내쫓은 건 엄마가 아니라 아빠였지
배가 나온 것도 아빠였고

우리는 사건 속에서 거듭 종결될 뿐이지만
거기서 부푼 사랑의 역사를 찾기도 했다

흰 침대에 누우면 시체가 된 것 같지 않아?
옆에 누워 있던 그가 그런 말을 하면 자꾸만 몸에 순수한 게 달라붙는 것처럼 소름이 끼쳤다
그는 열심히 퍼포먼스를 하고 있는데

죽은 아이의
댕강,
잘린 얼굴이 웃지

어서 와, 여기까지 올 줄은 몰랐지?

* 구보타 시게코, 『Vagina Painting』(1965).

다른 것이 있다면

우리의 끝은 오늘을 생각하는 것이다. 우리는 실패한 우리의 자화상. 우리는 하나의 많은 복수이자 우리가 아닌 자들의 복수이다. 우리를 모르는 사람들이 부르는 우리는 그보다 더 많은 복수다. 창 위로 주먹만 한 눈이 내렸다. 밤이 될 때까지 하얀 게 계속해서 쌓였다. 창은 백지 같았다. 백의 억양은 이생의 끝을 다녀온 사람의 말소리 같고, 파도는 거인의 손처럼 크고 작은 물건을 쓸어 갔다. 죽은 물고기가 머리 위를 지나간다. 모든 것은 변하겠지. 물의 형태로, 물의 본연한 모습으로, 물은 무거워지고 나는 물속에 아주 잠겨 버렸다. 물은 물의 형태로 모든 것을 변화시킬 수 있지만 사람은 어떻게 사람의 형태를 하고 다른 사람을 변화시키는가. 진실로 사랑하는 누군가의 사랑을 섬기는 — 내가 여자라는 사실 — 이것은 어떻게 변할까. 우리의 이야기는 다채로운 악몽으로 남았다. 꿈에서 가장 큰 감정은 의심이다. 우리는 확신이 드는 순간 깨어난다. 아이들은 작은 어선 타고 방을 휘저으며 돌아다녔다. 아이들도 현실이 아니라는 것을 안다. 내가 늙고 죽을 때가 되면 그때는 어른이 되어 있을 지금의 아이들 중에 몇 명은 서로를 사랑할 수도 있겠지. 진실로 네가 하고 싶은 말을 해. 서로가 서로를 사랑했던 만큼 미워하는 오늘은 어제와는 다른 — 사랑했거나 미워했을 — 사람이 눈이 다 녹은 창을 바라보며 위로를 건넨다. 괜찮아, 누군가 입김을 불자 각자가 믿는 진실의 기억이 물처럼 흘러내린다.

플란다스의 개

커튼 뒤에 가려진 것은 루벤스의 다리였다

펼쳐졌다 접혀지는 이야기처럼
제단을 밝히는 촛불의 음영처럼

그것은 부드럽고 그것은 희망적인

문 바깥으로 열린
세계 속을 걸어가는 것

살기 위해 낙엽을 치우던 사람이 쓸고 간 것은 초겨울 바람이었고
추위를 이겨 낸 어느 노부부의 겨울이 얼마 남지 않아서

그는 걱정하였지

지나가는 그림자를
사람이 할 수 있는 일을

도울 수 있는 것을 돕는다는 건 뭘까

눈을 걷어 낸 구덩이 같은
길을 걷던 사람을 피하려다
넘어진 나를

사람들은 아름답게 넘어가고 있다

언제든 갈 준비가 되어 볕 좋은 곳에 앉아
오후의 한때를 보내는 자유로운 거리의 무법자

그는 발을 딛고 있지 않았지

어느 혁명가들의 이야기처럼
누설되지 못한 것만이 세상을 평정할 것이다

나는 가야겠다, 아무도 없는 곳으로
네게 속하지 않은 내가 있는 곳으로

어느 것 하나 나의 몸 아닌 것이 없다

성당에 쌓인 비밀처럼
어린 날 누르던 거대한 발자국

나는 부드러운 사람이 될 것이다

머리에 흰 붕대를 두른 아이들은
하나가 입을 열자 모두 입을 열었다

마지막 인사처럼

에티카

슬플 때마다 생각나는 사람이 있고
생각날 때마다 슬퍼지는 사람이 있어

전능한 악의 무리가 잃어버린 기억을 가져다 유리창 같은 거울에 비춰 준다면
희망은 공포라는 환상을 안고 오겠지

구름처럼

하나의 몸이 둘이 되었을 때

잔인한 동화의
기괴하고 우스운
이유가 생긴다

새의 뼈는 가볍다, 하늘을 치워야 하기 때문에.
우리가 변하는 것은 신이 필요 없기 때문이다.

그런 것 없이도 살 수 있다는 듯

성을 나가면 또 다른 성이 있고
아무도 기다리지 않는 사람이 있어

너 같은 애 때문에 살 수가 없다
너를 사랑하는 것이 미워하는 것과 다르지 않구나

사람들이 말하는 것은 몸이라기보다 차라리 살이었다*

나의 몸이 과거의 장소인 것처럼
먼저 가는 사람은 뒤돌아보지 않는다

처음은 어디에나 있고 어디에도 없어서

사람들은 떨어지는 운석을 봐도 기도하지 않는다

성운을 떠도는 에테르
거울에 그려 놓은 작은 문

그 문을 열면 처음부터 다시 시작할 수 있을 것만 같다

* 『몸의 역사』 제1장, 자크 젤리스의 「몸, 교회, 그리고 신성함」.

신발은 인간이 벗은 두 발로 서 있다

작은 사람 뒤에 큰 사람을
세우는 종렬이 싫어서
땅을 팠더니 거대한 개미굴이 나왔다

창문에 부딪힌 새가 풍경을 죽이고 있다

뼈가 부러지는 날에는 세상이 조금씩 움직일 거야
순서가 정해지면 적을 만들자
말씀하셨던 겨울 개미는 어디로 갔나요?

아버지 우리 함께 가요 똑같이
생긴 개미가 나와 둘이 되는 일

추운 날에는 불쏘시개를 가지고 놀았다

단추가 떨어진 옷을 입고 외출을 해도 단추가 떨어진 곳은 알 길이 없고 네가 찾던 단추에 대한 그리움이란

단춧구멍에 찔러 넣은 실처럼

개미굴을 빠져나오는 개미를 보며
여자는 가슴이 아프다고 말했다

석고를 붓고 여왕개미를 부르자
옆집 엄마가 불에 타서 죽었대

나는 걸을 수 없어서 뛰었지*
그건 우리가 잘하는 일이잖아?

갈라진 콘크리트 안에서
나를 끌어당긴 것은
어느 광부의 손이었던가

발이 뛴다 길이 도망간다

우리를 입에 올리지 말라던 아버지,
당신은 길에 놓인 신발의 의미를 아는가?

* 존 레논, 「Mother」.

일라와디

톤부리시의 한 지구에 지나지 않았다. 원군의 침공이 표면에 입혀진 채 사라졌다. 시타를 가지려는 악마와 시타를 구하려는 악마의 전쟁이 시작되자 시타를 구하려는 악마는 원숭이에게 지원 요청을 했다. 원숭이 부대는 말없이 대나무를 심었다.

대나무 자라는 소리가 들렸다. 땀구멍에서 이빨이 자랐다. 전쟁은 원숭이 부대의 승리로 끝이 났지만 시타의 행방을 찾지 못했다. 악마는 일라와디를 심었다. 사람들은 일라와디를 악마의 꽃이라 불렀다. 잎이 나기 전에 한번, 잎이 지고 한번 꽃을 피우는. 화려한 악마처럼.

한낮의 태양 아래 속옷만 걸친 사람들이 지나갔다. 사람들의 어깨에 손자국이 선명했다.

사신

전쟁에서 여자가 돌아오자 사람들은 그를 마괴라 불렀다
그것은 마음의 일이거나
전해져 내려오는 죽음의 풍습

전생의 그는 나무 의자에 앉아 목초지를 지나는 양들의 길어지는 방향을 보았다

양은 희고 양은 둥글었다

주먹만 한 구름이 하늘을 지나갔지만 그는 평평한 이마 뒤에 있다

그곳의 당신은 어떠한가? 푸석한 머리의 빗질은 여전한가?

천사란 하늘의 신이라는 뜻이었지만 악마의 우두머리라고 읽었다

어린 친구가 더 어린 친구에게 혼이 났다

이 못된 녀석 흙을 먹으면 안 돼*

만일 천사가 있다면 양쪽 머리를 번갈아 가며 뒤돌아볼 것이다

나는 흰 양 황소 뿔 만져 본 적 없지만 그런 것들은 이제 나와 아무 상관이 없다 당신의 가지런한 가르마까지도

카르마의 어둠 속에서 모든 것이 지워졌다

희고 둥근 것을 없애라
희고 둥근 것을 없애라

그건 여자를 부르는 소리였다

* 친구들에게 흙을 먹었다는 오해를 받은 크리슈나에게 양어머니인 야쇼다가 입을 벌려 보라고 말하자, 아기 인간으로 변한 크리슈나의 입속에는 우주가 들어 있었다.

인드라

천둥 번개의 신 인드라가 산에 똬리를 틀고 있던 가뭄의 뱀인 아히를 죽였다 인드라의 몸에는 여성의 성기를 닮은 천개의 무늬가 있다

나는 구멍만 한 시야를 가졌다
초식동물처럼 눈을 옆에 달고 관찰한다
내 눈동자 안에서 나는 자연스럽게 거짓말할 수 있다
어느 날은 내 눈이 나를 흉내 내기도 한다
반가울 때엔 안경다리처럼 팔이 접히고
괴로울 때에는 눈곱처럼 몸이 동그랗게 뭉친다
털처럼 자란 생각을 뽑아 휴지통에 버린다
너는 휴지통을 비우기 위해 밤마다 찾아온다
소수점은 아래로 들어가는 입구야 너는 뒤에서 앞을 본다
두 개의 무덤을 붙여 놓은 것 같아 엉덩이가 말했다.
말하기 귀찮아, 일어서기도 싫고 구멍 속에서 아히가 말했다.
수거차가 통과하는 곳을 생각한다
작은 구멍을 파서 터널을 만든다
나는 저 조그만 소년을 낳을 수 있을까

우주를 뒤집어도 나는 걸을 수 있다

수거차가 사자처럼 달려온다, 유리 조각이 박힌 시체를 끌고

소동

소문은 먼지처럼 부풀어 굴러가겠지. 고대인의 스톤헨지 처럼 불가사의한 이야기가 세워지겠지. 꼬리는 태양의 반대 쪽으로 자란다는 터무니없는 말이 신화를 창조하고, 사람 들은 가장 빛나는 창문을 가리켰다. 우린 멀리 있는 불안 의 징조를 믿어요. 모든 밤은 바쁘잖아요. —*그러나 창문 을 열지 말 것. 별의 얼룩이 몸속에 침투해 보이지 않던 먼 지가 보일 수 있음*—좋지 않은 일을 위해 우리는 열심히 사랑한다, 하지만 당신은 풀어 헤친 와이셔츠 속 잠옷을 껴입고 잠들어 있군. 나는 당신을 꺼내 입는다. 건강한 세 탁기 같던 네가 늙어 병든다면 너의 몸은 망가지고 훼손되 겠지. 나는 젖은 옷을 널며 상상한다. 온 세상이 진공의 상 태가 된다면 우리는 딱딱하게 굳어 갈 수 있을까? 세탁기 안에 돌을 넣고 돌렸더니 세탁기가 폭발했다는 이야기가 떠돌고, 나는 배신당한 배신자가 되었다. 핼리 혜성이 수 십 년을 돌고 돌아 지구를 다시 찾아오는 날엔, 우리의 젊 음은 모래 같은 것이 되고 먼지를 털어 내듯, 내가 그 아일 죽였다. 먼지와 얼음과 돌의 기억은 누군가의 꿈속 같기만 한데 난 누구의 꿈에서 떨어진 돌이었을까? 천문학자는 죽 음을 기원하는 사람 같아. 모르는 사람이 문 앞에 서 있어.

잠긴 문은 열리지 않는다. 문 앞에서 헛기침이 울리자 허공을 떠돌던 먼지가 사라졌다.

그때, 지구가 잠시 멈춘 것도 같다

shadowing

밤마다 이마에 먼지가 쌓였다. 마스크를 쓴 여자가 날 보고 파랗게 웃었다. 그녀의 털들도 웃었다.

아는 사람 1이 근심한다. 아는 사람 2도 근심한다.

돌멩이 굴리는 빗쟁이어도 좋다. 계란을 입힌 식빵을 네모난 이빨로 뜯어 먹어도 좋다.

아는 사람 1이 감시한다. 아는 사람 2도 감시한다.

나의 보이는 측면과 보이지 않는 측면. 나는 음영적으로 사라지고 싶다. 나의 부재가 그녀를 채운다.

나는 아무것도 아니다. 나는 나를 차단한다.

■ 작품 해설 ■

탈피의 기록

소유정(문학평론가)

멈춘 자리에서

시를 읽는 일이 시인과 화자를 따라 함께 걷는 것과 같다면, 『진짜 같은 마음』은 그들을 따라 걷다가도 문득 걸음을 멈추게 만드는 지점이 있다. 마치 피아노 연주를 하다 페르마타(pause), 둥근 늘임표를 만난 것처럼 말이다. 읽는 이가 걸음을 멈추었을 때, 이서하의 시는 빨리 오라며 재촉하지 않는다. 서두름 없이 몇 발자국 먼저 선 자리에서 뒤를 돌아볼 뿐이다. 읽는 이가 갑작스레 발이 묶인 건 왜일까. 난해한 면이 있어 독해를 위해 여러 번 다시 읽어야 하기 때문은 아니다. 좋은 문장을 곱씹기 위해서일 수도 있겠지만 그것도 충분한 이유는 아닐 것이다. 오히려 까

맣게 잊고 있던 것들이 떠올랐을 때의 느낌과 비슷했다. 시가 읽기를 중지시키는 지점에서 문득 나는 어떤 것을 잃어버렸다는(혹은 그 사실을 막 깨달은 듯한) 느낌이 들었다. 그때마다 손에 무언가를 쥐고 있거나 그렇지 않은, 주머니가 비어 있거나 그렇지 않은 상태임을 확인하였는데, 문제는 둘 중 어떤 상태일지라도 잃어버렸다는 느낌만은 점차 선명해졌다는 것이다.

정말로 놓친 것이 없나, 내가 지나온 길 어디 즈음에 덩그러니 놓여 있는 것은 아닌가 싶어 나의 어제와 그 너머의 시간을 골똘히 되짚는 가운데 이런 문장을 마주치기도 했다. “제가 원하는 것은 여기에 없습니다”(「슈가캔디 마운틴 호두마을」). 이 시의 화자는 세상에 태어나 첫 번째 생일을 맞은 이다. 그런 이가 하고 싶은 말이 그것이라면, 이 시집을 읽는 동안 느꼈던 깊은 상실감의 근원도 어쩌면 ‘여기’, 이 세계에 있는 것이 아닐까. 말하는 당신과 읽는 우리가 태어나기 이전부터 이 세상에서 진행 중이던 상실은 아니었을까. 한 개인이 아닌 세계가 잃어버린 무언가가 있다고 믿으며, 시인은 그것을 언어로써 더듬어 보고자 한다. 그러므로 첫 번째 생일을 맞은 화자의 말은 이제 막 첫 시집을 펴낸 시인의 전언으로 읽을 수도 있을 것이다. ‘여기’에 원하는 게 없어 이서하의 시는 자꾸만 어딘가로 향한다. 그를 따라가는 이들의 걸음을 몇 번이고 멈추게도 만든다. 시가 걷는 길이 어디로 통하는지 궁금하게도 만든다. 그렇다면 "거기는 아직 거기에 있다"(「바다 사는 연습」)는 말에 조금의 기대를 걸어 봐도 좋을 것이다. '여기'가 아닌 '거기'라면 세계가 잃어버린 무언가를, 내게 없는 그것을 찾을 수 있을 것만 같다.

9가 아닌 1의 목소리

상실의 근원에 대한 증거는 시집 곳곳에 있다. 가령 수록 시 「잃어버린 모든 것은 다시 돌아오지 않는다」는 이 시집에서 가장 확고하게 정의를 내리는 제목을 지녔으며, 그 의미가 무엇인지 고민하게끔 만드는 시이다. 그리고 오직 한 문장으로 이루어진 이 간결한 시는 비로소 어떤 이해에 가닿는 걸음이 되어 주기도 한다. 단 한 줄의 시는 이렇다. "As dead as a dodo". 완전히 죽어 존재하지 않는 무언가를 가리키는 이 말은 관용어로 널리 쓰인다. 그러나 관용적으로 쓰인다는 말은 누구도 이 문장에 물음을 가져 본 적이 없다는 반증이기도 하다. 죽음으로 사라진 존재를 대명사로 부르며 그의 멸종 상태를 보편적으로 비유하는 것은 언어의 이기이다. 또한 그 언어를 사용하는 자가 도도새를 멸종으로 이끈 인간이라는 점, 즉 한 존재를 죽음으로 몰아넣은 이들이 자신이 행한 죽음을 거리낌 없이 말한다는 점에서 인간의 이기이기도 하다. 죄의식 없이 이기를 발화한다는 사실은 얼마나 잔인하고 기괴한 것인가. 시가 남긴 단서를 따라 여러 물음을 갖고 '도도'를 중얼거릴 때 우리는 세계가 잃어버린 것 중 하나를 발견하게 된다. 잃어버린 줄도 모른 채 잊고 있던 존재들을 부르는 목소리는 다음의 시에도 있다.

기원전 모리셔스 섬에 불시착한 도도는
두 발로 걷는 날개 없는 새의 종이었다.
길은 인간이 새의 후손이라 전했더랬다.
도도는 자신의 지저귐을 사랑한 인간에게
노랫말을 갖거든 제 귀의 창을 열어 달라
속삭임. 훗날 섬을 침략한 인간의 후손은
새집을 짓고 전령을 보낼 새를 키웠더랬다.
커다란 창으로 승전보와 옛 신의 죽음이
전해지자 도도는 볼 수 없게 되었더랬다.
불행하게도 행은 종말에 대해 예측한 바.
어느 날 모아는 섬에 정박한 배를 보았다.
백사장에 쓰러져 있던 작고 야윈 사공이
눈을 뜰 때까지 모아는 그의 옆을 지켰다.
서로 말을 주고받지 못해도 알 수 있었다.
머지않아 사공이 떠날 때가 되자 모아는
함께 바다로 갔더랬다. 멀리 험하고 사나운
길이 보였다. 자라나는 것이 저마다 다른

열대우림의 유원지였다. 사공은 울타리를
짓고 모아를 위해 매일 수많은 사람들을
데려왔더랬다. 모아는 길게 늘어선 줄을
굽어 살펴보는 바. 길마다 잎이 가득하고
사방이 인간의 다른 우리로 조성된 숲에서
도도와 모아는 사라진 옆구리를 구획한다.

—「도도와 모아」에서

나긋한 목소리로 들려주는 옛날이야기 속에 도도와 모아는 살아 있었다. 공격이 필요하지 않아 날개를 쓸 일조차 없는 섬에서 평화로운 나날을 보내고 있던 새들에게 종말이 찾아온 건 인간을 만난 이후부터다. 언어로 소통할 수는 없었지만 도도와 모아는 인간을 경계하지 않았다. 그들은 매우 가까웠고 도도의 지저귐과 모아의 보호는 인간에게도 소중한 것이었다. 그러나 점차 인간은 날개가 퇴화된 새가 아니라 "전령을 보낼 새"를 필요로 했고, 자신들의 거주지로 삼기 위해 마음대로 숲을 조성했다. 그렇게 인간의 또 다른 목적에 의해 침략당한 섬에는 더 이상 도도와 모아가 살지 않는다.

인간을 가까이 하였으나 인간에 의해 종말을 맞이했다는 새들의 이야기. 그런데 이 시에서 흥미로운 점은 새들의 죽음을 인간은 저마다 다르게 기록한다는 것이다. 고고학자는 도도와 모아의 멸종을 "미필적 고의"라고 쓴다. 하지만 필경사는 "자연의 죽음"이라고 썼다. 역사를 바라보는 관점에 따라 누군가에겐 "미필적 고의"로, 또 다른 누군가에겐 "자연의 죽음"이라는 양극의 해석이 가능함을 어떻게 이해해야 할까. 그렇다면 고고학자와 필경사 사이에서 시인은 어떻게 기록하는가.

크리스마스다…… 꿈에는 약속이 없어서 매일 기다려. 거기는 시내버스가 없거든…… 카바리아 나무의 열매는 인간이 깰 수 없대…… 그러나 새는 인간이 할 수 없는 것을 할 수 있지…… 그랜드마 모지스의 그림처럼 볼 수 있지……

(……)

당신은 10을 재면 1이 남는 자를 가졌고, 두부처럼 흰 안면에 검은 점 하나 없고, 당신은 정확한 사람이고, 흰 것은 무엇이든 할 수 있다고 말하지

10에 가까운 9와
9가 아닌 1의 목소리

레이스처럼 흘러내릴게 아무렇지 않게 걸리적거릴게 작은 소리로 괴롭힐게 1681년 마지막 도도새 죽다 살아 있는 척할게 죽은 것은 아니지만 물 불 공기 흙을 소분할게 한 줌 한

줌 걷어 올릴게 당신의 머리통을 잡던 1770년 모아새 멸종 배가 들어오고 총소리가 가까워지고 있다 누구인가 당신은 달라진 것은 피부색도 나라도 아닌 이름이었다 1815년 사르트바트만 사망 그는 평생에 많은 사람을 봤다 너희의 배는 뒤집힐 것이고 너희의 놀이는 죄가 될 것이다 1830년 한 방울 법칙 물감 튜브에는 정량의 색이 들어 있다 고대 그리스 조각상처럼 흰색 아닌 세상은 진짜 세상을 덮을 수도 있다 팔레트에 가지고 있는 색을 모두 짠다 플라스틱 스프링 물통에 깨끗한 물을 받는다 그곳에서 보이지 않는 카바리아 나무를 그릴 수도 있다 배를 띄울 수도 있다 조그마한 네 머리통을 그릴 수도 있다

—「내 두개골의 넓이와 두께를 재려거든」에서

(강조는 인용자)

이서하는 이렇게 쓴다. 아름다운 문장과 문장 사이에 기입된 것은 "흰 것은 무엇이든 할 수 있다고 말하"는 당신, '흰 것'을 전지전능하고 완전무결하다고 말하기 위해 다른 색을 죽이는 행적에 대한 서늘하고도 정확한 기록이다. 시간이 지남에 따라 "10에 가까운 9"는 나머지 "1"을 더 채우기 위해 약탈과 착취의 대상을 자연에서 인간으로까지 확장한다. 자연을 침략하고 자신과 다르다고 생각하는 인간을 착취하고 그 착취를 전시하면서 '흰 것'은 점점 더 10에 가까워졌을까. 아마 그렇다고 믿었을 그들에게도 채워지

지 않는 "1", "깨끗할 수 없는 결핍"(「정크 시티」)이 있다면 이런 것이다. 가령 한 나무의 열매 같은 것. 인용된 시에서처럼 "카바리아 나무의 열매"는 인간의 힘으로는 도저히 깰 수가 없는 것이다. 도도새가 열매를 먹고 그 씨를 퍼트리지 않으면 번식할 수 없는, 오직 자연에 의해서만 새로운 싹을 틔울 수 있는 씨앗인 것이다. 하지만 인간은 도도새를 멸종시켰고, 그런 "10에 가까운 9"의 존재가 되어 "1"과의 거리를 좁힐 수 있는 가능성을 스스로 지워 버렸다.

그러므로 '할 수 있다'는 말은 "무엇이든 할 수 있다고 말"하는 '흰 것'을 지닌 이들이 아니라 "9가 아닌 1의 목소리"를 가진 자들에게 주어진 것일 테다. "흰색 아닌 세상은 진짜 세상을 덮을 수도 있다"는 말은 결코 작은 울림이 아니다. "1의 목소리"를 내었을 때, 한 방울 한 방울이 모여 "팔레트에 가지고 있는 색을 모두" 짤 수 있다면, 그것으로 다른 세상을 꿈꿔 볼 수 있다면, 그리고 "보이지 않는 카바리아 나무를 그릴 수도 있다"면. 이것이 이서하가 적는 역사다. 10을 채우기 위한 9가 아닌 고유한 1로서 미래를 열어 보려는 움직임이다.

시인은 "9가 아닌 1의 목소리"를 잊지 않기 위한 기억의 연보를 기록하는 사관(史觀)이자 '할 수 있다'는 말을 시작한 하나의 '1'이기도 하다. 앞서 존재의 죽음에 대한 언어적 폭력에 대해 언급했던 것을 기억한다면 이서하가 보여 주는 가정의 발화가 그것과 얼마나 상이한지 알 수 있다. 인간의 책임을 배제하는 판단을 내리지 않는, 오기(誤記) 없는 씀. 그렇게 쓰는 자의 '할 수 있다'는 중얼거림은 우리의 마음에 닿을 수밖에 없어서, 우리는 그의 시를 따라 부지런히 걷다가도 몇 번이고 걸음을 멈추게 되는 것이다.

팔레트에 모인 색으로 어떤 미래로 향하는 문을 그려 본다면 이서하는 캔버스를 가득 채울 만큼의 커다란 문이나 여러 가지 색을 칠한 화려한 문을 꿈꾸지 않는다. 주어진 재료로 그릴 수 있는 보통의 크기이지만 단단한 문 하나가 그의 것일 테다. 그 너머에 무엇이 있을지 알 수 없는 문, 하지만 아직도 잃어버린 것이 '거기'에 있고 '할 수 있다'는 목소리가 희미하고도 분명하게 새어 나오는 문이다. "하나가 열리면 모든 게 보인다"(「호출」)는 말에 따라 문고리를 당긴다. 그곳으로 향하는 걸음은 늦출 수 없다.

그 문을 열면

문을 열고 들어서면 형체가 모호한 무언가를 발견하게 된다. 고여 있는 물웅덩이 같기도, 허물 같기도 한 그것은 다름 아닌 시적 화자의 몸이다. 이 시집을 읽는 내내 생경한 느낌이 드는 이유는 화자의 몸이 분리되고 있다는 느낌("나가라는 그의 말을 듣고/ 바지를 입다가/ 몸이 두 개로 나뉘었지", 「그런 퍼포먼스」), 또는 남의 옷을 빌려 입듯 타인의 몸을 빌려 입고 있다는 느낌("나는 네 몸을 빌려서 밥도 먹고 모임도 가야 하는데", 「불의 원료」)을 받았기 때문이다. 점점 화자의 몸이 특정한 하나의 육체가 아니라 그저 미끄러지는 상태의 '나'라는 사실, 미끄러지는 채로 발화하는 '나'만이 남아 있다는 감각이("어느 것 하나 나의 몸 아닌 것이 없다", 「플란다스의 개」)이 또렷해진다. 말하는 '나'와 그것을 행하는 몸이 일치하지 않는 것처럼 느껴진다는 점에서 시적 화자에 대한 의문이 늘어 가지만, 문득 깨닫게 되는 건 글의 서두에서 밝힌 '잃어버렸다는 기분'을 지울 수 없었던 까닭 중 하나가 이와 연결되어 있다는 것이다. 하지만 여기 허물처럼 놓여 있는 몸이 그가 진정 '잃어버린 것'인지는 확신할 수 없다. 다음의 시들이 있기 때문이다.

> 그는 나한테 없는 것들이 많았다 늘 그래 왔다는 듯이
> 심부름을 하면 그의 물건을 빌렸다
> 가끔 어려운 일도 있었지만 — 차바퀴에 구멍을 내거나, 빈집에 불을 피우거나, 경찰서에 갔을 때 그는 내 이름을 말했다 —
> 용서를 구하는 건 힘들지 않았다
> 진짜 내가 아니라서 죄책감에 괴로워하지도 않았다
> 진짜가 무엇이든, 신경 쓰이는 것은 우리 사이를 더욱 공고하게 만들었다
> 그는 부모의 착한 아이였고 나는 없어 보이고 싶지 않은 아

이였다

나는 그처럼 행동했다 코를 만지는 버릇, 그의 웃음까지
학교가 끝나면 자주 가던 평상에서 우리는 만났다
그는 좋은 립스틱과 아끼던 옷과 모자를 가져왔다
아직도 나는 그가 빌려준 것들 모두 갖고 있다
종종 그의 립스틱을 바르고 자연스러운 척한다
내 앞에 있는 사람에게 어디까지 해 줄 수 있을지 생각한다

—「숨탄것」에서

위의 시에서 화자는 그에게는 있으나 "나한테 없는 것"을 빌리기 위해 그의 "심부름"을 한다. 그중에서는 화자가 직접 하지 않고도 '내'가 저지른 일이 되어 버린 사건들이 종종 있었으나 이때 '나'는 "진짜 내가 아니라서" "용서를 구하는 건 힘들지 않았다"고 말한다. 그를 대신하는 일이 잦아지면서 화자는 그의 버릇까지 따라하며 '나'의 모습은 희미해지는 듯하다. 하지만 "그의 입"이 되기로 했던 건 자신에게 없는 것을 갖기 위한 화자의 선택이었기에 '나'는 이렇게 말할 수 있다. "필요하지 않은 걸 버렸다고 전부 없어지는 것은 아니니까". 타인의 입이 되기 위해 화자는 '나'의 일부를 버려야 했지만, 그것이 진짜 자신의 전부 잃게 하는 건 아니었다. 욕망하는 것을 취하기 위한 능동적인 선택은 시집 곳곳에서 확인된다. 특히 화자가 여성으로 특정되고 있음을 인지할 때, 그리고 여성 화자가 그러한 선택

을 할 수 없던 이들을 호명할 때 더욱 유의미해진다. 가령 앞서 인용한 시에서 언급된 사르트 바트만은 인종차별, 여성멸시, 성 착취로 인한 비극적인 죽음을 맞이한 이후에도 박물관에 전시되어 사후의 고통이 계속되었던 인물이 아니던가. 이뿐만이 아니다. "전쟁은 여자의 얼굴을 하지 않았다"는 스베틀라나 알렉시예비치의 말을 시로 풀어낸 듯한 「사신」에서는 여자를 전쟁의 역사에서 지우고자 했던 사실이 극명하게 나타난다.

> 전쟁에서 여자가 돌아오자 사람들은 그를 마괴라 불렀다
> 그것은 마음의 일이거나
> 전해져 내려오는 죽음의 풍습
>
> (……)
>
> 나는 흰 양 황소 뿔 만져 본 적 없지만 그런 것들은 이제 나와 아무 상관이 없다 당신의 가지런한 가르마까지도
>
> 카르마의 어둠 속에서 모든 것이 지워졌다
>
> *희고 둥근 것을 없애라*
> *희고 둥근 것을 없애라*

그건 여자를 부르는 소리였다

—「사신」에서

전쟁에서 살아 돌아온 여성이 어째서 "마괴"와 같은 존재일까. "그것은 마음의 일이거나/ 전해져 내려오는 죽음의 풍습"이라고 적시하듯 이분법적 이데올로기에 의해 고착화된 오랜 관습으로 인해 여성은 역사의 온전한 일부로서 남을 수 없었다. 이들을 기억하는 이서하의 시적 화자는 역사가 의도적으로 삭제하고 배제시켰던 것들, 잃어버렸던 이름을 호명하면서 더 이상 지워져야 하는 존재로 대상화되기를 거부한다. 그것은 대상화의 목적이 되는 "몸이라기보다 차라리 살"(「에티카」)에 가깝게 느껴지는 자신의 몸으로부터 벗어나고자 하는 방식으로 나타난다. 이 몸짓은 자신이 여성이라는 사실, 여성의 몸을 가졌다는 사실에 대한 단순한 저항이 아닌, '말하는 몸'으로 다시 태어나기 위한 탈피(脫皮)의 과정과 같은 것이다. '나', 또 '나'와 같은 '우리'를 테두리 바깥으로 밀어내려는 시선이 있다면, 시적 화자는 그 시선에 의해 재단될 수밖에 없는 몸, 자신을 가두는 한정적인 공간으로부터 빠져나와 '말하는 나'로 유영하기를 택한다.

그가 마침내 몸을 벗어나는 자신에게 말한다. "진실로 네가 하고 싶은 말을 해"(「다른 것이 있다면」). 그렇다면 앞서 시적 화자가 자신이 가진 색으로 문을 그려 보고, 그 문을 열고 나아가는 움직임 역시도 진정으로 하고 싶고, 할 수 있는 말을 하기 위해 어떤 공간(몸)을 떠나는 행위의 은유로 이해할 수 있을 것이다. 그 자체로 무엇이든 (말)할 수 있는 하나의 몸이 된 '나'는 말이 필요한 곳이 있다면 잠시 머물렀다가 다른 곳을 향해 간다. "나는 가야겠다, 아무도 없는 곳으로/ 네게 속하지 않는 내가 있는 곳으로"(「플란다스의 몸」) 가겠다는 말, 더 이상 속박되지 않는 자유로운 몸으로 또 다시 작은 문 하나를 열어 보려는 몸짓이 있다.

사람들이 말하는 것은 몸이라기보다 차라리 살이었다

나의 몸이 과거의 장소인 것처럼
먼저 가는 사람은 뒤돌아보지 않는다

처음은 어디에나 있고 어디에도 없어서

사람들은 떨어지는 운석을 봐도 기도하지 않는다

성운을 떠도는 에테르
거울에 그려 놓은 작은 문

그 문을 열면 처음부터 다시 시작할 수 있을 것만 같다

—「에티카」에서

"나의 몸이 과거의 장소"라고 말하듯 이제 막 문고리를 쥔 그는 뒤를 돌아보지 않는다. "어디에나 있고 어디에도 없"는 처음을 열어 보려는 마음만으로 '나'는 망설임 없이 걸음을 옮길 수 있다. "그 문을 열면 처음부터 다시 시작할 수 있을 것만 같다"는 마음, 그것은 이 시집의 문을 열기 전 우리가 품었던 기대와 공명하는 것이기도 하다. 『진짜 같은 마음』으로 우리는 무엇을 '다시 시작'할 수 있었나. 시와 나란히 발을 맞추어 걷다가도 문득 멈추어 돌아볼 수 있었다. 불현듯 무언가를 잃어버렸다는 감각, 잃어버렸다는 사실을 잊은 채로 살고 있었다는 감각을 깨닫고 그 존재를 확인할 수 있었다. 그 존재로 하여금 '나'를 볼 수 있었다. '우리'라는 이름으로 가능한 것을 품어 볼 수 있었다. 그것은 우리가 가진 색으로 그린 작은 문이며, 어떤 미래이고, "본 적 없는 그 나무"(「우리는 맞았다」)의 작은 열매다. 더 이상 비어 있지 않은 주머니에 든 그것을 꼭 쥐어 본다. 잃어버린 것을 되찾은 마음으로, 시를 따라 계속 걸을 수 있다.

지은이 이서하

1992년 경기도 양주에서 태어났다.
2016년《한국경제》신춘문예 시 부문에 당선되며
작품 활동을 시작했다. <켬> 동인.

진짜 같은 마음

1판 1쇄 펴냄 2020년 5월 8일
1판 2쇄 펴냄 2020년 7월 6일

지은이 이서하
발행인 박근섭, 박상준
펴낸곳 (주)민음사

출판등록 1966. 5. 19. (제16-490호)
서울특별시 강남구 도산대로1길 62(신사동)
강남출판문화센터 5층 (06027)
대표전화 02-515-2000 / 팩시밀리 02-515-2007
www.minumsa.com

ISBN 978-89-374-0890-8 04810
978-89-374-0802-1 (세트)

* 이 책은 서울문화재단 2020년 첫책 발간 지원사업의 지원을 받아 발간되었습니다.
* 잘못 만들어진 책은 구입처에서 교환해 드립니다.

민음의 시

민음의 시
목록

47 슬픈 갈릴레이의 마을 정채원
48 습관성 겨울 장승리
49 나쁜 소년이 서 있다 허연
50 앨리스네 집 황성희
51 스윙 여태천
52 호텔 타셀의 돼지들 오은
53 아주 붉은 현기증 천수호
54 침대를 타고 달렸어 신현림
55 소설을 쓰자 김언
56 달의 아가미 김두안
57 우주전쟁 중에 첫사랑 서동욱
58 시소의 감정 김지녀
59 오페라 미용실 윤석정
60 시차의 눈을 달랜다 김경주
61 몽해항로 장석주
62 은하가 은하를 관통하는 밤 강기원
63 마계 윤의섭
64 벼랑 위의 사랑 차창룡
65 언니에게 이영주
66 소년 파르티잔 행동 지침 서효인
67 조용한 회화 가족 No. 1 조민
68 다산의 처녀 문정희
69 타인의 의미 김행숙
70 귀 없는 토끼에 관한 소수 의견 김성대
71 고요로의 초대 조정권
72 애초의 당신 김요일
73 가벼운 마음의 소유자들 유형진
74 종이 신달자
75 명왕성 되다 이재훈
76 유령들 정한용
77 파묻힌 얼굴 오정국
78 키키 김산
79 백 년 동안의 세계대전 서효인
80 나무, 나의 모국어 이기철
81 밤의 분명한 사실들 진수미
82 사과 사이사이 새 최문자
83 애인 이응준
84 애들아, 모든 이름을 사랑해 김경인
85 마른하늘에서 치는 박수 소리 오세영
186 ㄹ 성기완
187 모조 숲 이민하
188 침묵의 푸른 이랑 이태수
189 구관조 씻기기 황인찬
190 구두코 조혜은
191 저렇게 오렌지는 익어 가고 여태천
192 이 집에서 슬픔은 안 된다 김상혁
193 입술의 문자 한세정
194 박카스 만세 박강
195 나는 나와 어울리지 않는다 박판식
196 딴생각 김재혁
197 4를 지키려는 노력 황성희
198 .zip 송기영
199 절반의 침묵 박은율
200 양파 공동체 손미
201 온몸으로 밀고 나가는 것이다 서동욱·김행숙 엮음
202 암흑향 暗黑鄕 조연호
203 살 흐르다 신달자
204 6 성동혁
205 응 문정희
206 모스크바예술극장의 기립 박수 기혁
207 기차는 꽃그늘에 주저앉아 김명인
208 백 리를 기다리는 말 박해람
209 묵시록 윤의섭
210 비는 염소를 몰고 올 수 있을까 심언주
211 힐베르트 고양이 제로 함기석
212 결코 안녕인 세계 주영중
213 공중을 들어 올리는 하나의 방식 송종규
214 희지의 세계 황인찬
215 달의 뒷면을 보다 고두현
216 온갖 것들의 낮 유계영
217 지중해의 피 강기원
218 일요일과 나쁜 날씨 장석주
219 세상의 모든 최대화 황유원
220 몇 명의 내가 있는 액자 하나 여정
221 어느 누구의 모든 동생 서윤후
222 백치의 산수 강정
223 곡면의 힘 서동욱